KB189010

죽음을 보는 나와 내일 죽는 너의 이야기

SHI O MIRU BOKU TO ASHITA SHINU KIMI NO JIKENROKU

©Kuji Furumiya 2017

First published in Japan in 2017 by KADOKAWA CORPORATION, Tokyo.

Korean translation rights arranged with KADOKAWA CORPORATION,

Tokyo through JM Contents Agency Co.

죽음을 보는 나와 내일 죽는 너의 이야기

후루미야 쿠지 지음
권하영 옮김

BOOK PLAZA

일러두기
본문의 각주는 모두 옮긴이 주입니다.

『괜찮아. 혼자 두지 않을게.』

꿈은 거기서 끊겼다.
그리고 눈을 뜬 나는
평소처럼 아무것도 기억하지 못했다.

프롤로그

근처 역에서 걸어서 15분 거리. 한적한 주택가에 그 여대가 있었다.

하얀 벽 너머로 푸른 나무들이 보이고, 정문 안으로 아름다운 잔디밭과 역사 깊은 학교 건물이 펼쳐져있다. 화려한 캠퍼스는 아니지만, 어느 정도 나이가 있는 사람들은 대체로 명문으로 쳐주는 학교다.

나는 문밖에서 안을 흘끗 보았다. 점심시간이라 그런지 학교 안은 여학생들로 북적였다. 대학 교재가 여러 권 든 가방을 어깨에 고쳐 매고 반쯤 몸에 밴 습관처럼 있을 리 없는 그녀의 모습을 찾았다.

밝은 태양 아래 빛나는 푸른 캠퍼스. 그 안을 거니는 학생들은 한 명 한 명 모두 달랐다. 나는 그녀들의 모습을 가만히 눈으로 좇았다.

산뜻한 학교 안에 '그들'의 모습은 없었다.

어렴풋하고 서글픈, 죽음을 형상화한 형체. 그것은 미래에서 와서 과거에 새겨진, 인간의 짙은 기억이다. '그들'이 없음에 안도하며 정문 앞을 지나가려던 그때, 불어온 바람에 가늘게 뜨고 있던 내 눈이 학교 건물 사이를 잇는 복도에 멈췄다.

빛바랜 지붕 아래를 걷고 있는, 긴 웨이브 머리를 한 여성.

"…어?"

가냘픈 뒷모습. 책을 안고 있는 그 뒷모습이 순간 그녀로 보여서 나는 걸음을 멈췄다.

하지만 금방 정신을 차렸다.

그녀는 이제 여기에 없다.

학교 안을 필사적으로 뛰어다닐 일도, 나를 발견하고 아이처럼 쫓아올 일도 없다. 다만 그 흔적을, 나뭇잎 사이로 비치는 햇살 아래에서 볼 뿐이다.

"…스즈코."

평화롭고, 행복하고, 거부할 수 없는 죽음 탓에 분주하던 그 시절. 그때 나는 괴로운 건 나뿐인 줄 알았다. 그런 내 옆에 그녀가 있어 주었다.

세자키 스즈코. 사람들의 선의를 믿는 다정한 그녀.

나를 지탱해 주던 해맑은 미소가 지금도 생생하게 떠오른다.

그 시작은 꽤 오래전이었다. 내가 아직 아무것도 모르던 어린 시절.

거리 곳곳을 서성이는 '그들', 나에게만 보이는 그 존재로부터 필사적으로 눈을 돌리려고 하던 그때, 모든 일이 시작되었다.

1

맑게 갠 날.

높은 빌딩이 좌우로 늘어선 대낮의 번화가.

나는 도로를 가로지르는 횡단보도 위에 서 있었다.

땅에서 올라오는 열기는 한여름 같았고, 쏟아지는 햇살이 거리 전체를 환하게 밝혔다.

주변을 뛰어다니는 사람들은 공포와 혼란이 뒤섞인 표정이다. 소란스러운 공기가 주변을 가득 메웠고 휴대전화를 들고 소리치는 사람이 몇 명이나 있었다.

그런데도 소리는 전혀 들리지 않는다. 내 귀에는 닿지 않는다.

나는 그저 횡단보도 한복판에 멀뚱히 서서 넘어진 채 움직이지 않는 그 사람의 뒷모습을 내려다보았다.

줄무늬 리넨 셔츠. 하얗던 소매가 서서히 벌겋게 물들어 갔다. 몸 아래 아스팔트에 같은 색 액체가 퍼진다.

나는 아무것도 하지 못하고 그 마지막 순간을 바라보고만 있었다.

"…이건 거짓말이야."

이럴 리가 없다. 모두 구할 수 있었다. 그러기 위해서 나와 그가 분수하게 뛰어다녔다. 틀림없이 어떻게든 할 수 있으리라고 믿었다.

그런데, 이건,

"거짓말이야…"

떨리는 목소리.

나는 두 손으로 얼굴을 덮었다.

숨이 막혔다. 눈앞이 깜깜해졌다. 오열이 메마른 목구멍에 턱 걸린다.

나는 작게 입을 열고….

○

눈을 떴을 때, 나는 캄캄한 방에 있었다.

하지만 낯선 방은 아니다. 18년간 지낸 익숙한 내 방이다.

지난 2년간 낮이고 밤이고 블라인드를 전부 내려놔서 항상 캄캄했다.

"추워…."

악몽 탓에 온몸이 땀으로 축축했다.

하지만 그 꿈속 기억은 눈을 뜨면 거의 떠오르지 않는다. 그저 쓰러져 있는 사람의 뒷모습이 어른어른 뇌리를 스칠 뿐이었다. 아이의 뒷모습이라는 것만 알 수 있는 파편적인 기억. 악몽의 찌꺼기만 몸속에 엉겨 붙어 있다.

"…오늘은 나가 볼까."

휴대전화 화면을 확인해 보니, 오전 아홉 시경이다. 나는 간단히 외출 준비를 마치고 방을 나섰다. 현관 앞에서 신발을 신는데, 복도에서 인기척이 느껴졌다.

정말 타이밍이 나쁘다. 그렇게 생각하자마자, 뒤에서 엄마의 목소리가 날아왔다.

"어디 가?"

"잠깐 요 앞에. 그냥 산책이야."

내가 생각해도 자연스러운 대답이었다. 하지만 그렇게 집을 나서려고 하는 나에게 엄마는 쌀쌀한 목소리로 말했다.

"왜 밖에 나가? 학교 갈 거 아니면 집에 있어."

"그냥 산책하러 가는 거라니까. 아무것도 안 할 거고, 아무것도 없어."

난감하다. 평소에는 집 안에서도 마주치지 않도록 주의하는데, 하필이면 외출할 때 걸리고 말았다.

"이런 대낮에 밖을 어슬렁거리겠다니… 네가 다른 사람들 눈에 띄지 않았으면 좋겠어. 무슨 소리를 들을지 모르잖아."

"…"

"듣고 있어?"

"…저녁 먹기 전에는 돌아올게."

나는 그 말만 하고 잽싸게 밖으로 나가 문을 닫았다.

다행히 엄마가 쫓아 나올 낌새는 없었다. 모퉁이를 돌아서 집이 보이지 않게 되자, 나는 큰 한숨을 쉬었다.

"동네 사람들 입에 오르내리기 싫다는 건가. 하긴 그럴 만도 하지…."

그런 사건에 휘말린 아들에게, 호기심 어린 시선이 쏠리지 않기를 바라는 것이리라.

하지만 딱히 걱정할 만한 일은 하지 않을 것이다. 밖에 나가는 것도 정말 단순히 산책 겸 기분 전환이다. 경로는 매번 같다. 집에서 가장 가까운 역으로 가서 하행 방면으로 여섯 역.

평소처럼 급행열차에서 내린 나는 승강장 바닥만 보며 걸었다.

오전 열 시가 넘은 이 시간에는 사람이 적다.

승강장 벤치에 앉아 있는 사람도 지쳐 보이는 어두운 얼굴의 중년 여성 말고는 아무도 없었다. 나는 그 앞을 지나서 계단에 말라붙은 껌을 보며 개찰구가 있는 층으로 내려갔다.

그러다가 계단을 올라오는 회사원을 마주쳤다.

"…으."

후줄근한 구두와 정장 자락. 고개 숙인 내 눈에 보인 것은 그것뿐이었다.

하지만 그것만으로도 '그들'임을 알았다. 바로 옆을 지나가는 회사원의 몸이 반쯤 투명해서 계단 끝에 있는 지저분한 벽이 보였기 때문이다.

승강장에서 달려온 여고생이 반투명한 회사원의 몸을 통과해 개찰구로 뛰어 내려갔다. 하지만 여고생과 회사원은 서로 알아차린 기색이 전혀 없다.

반투명한 회사원은 나처럼 발치만 바라보다가 승강장 쪽으로 사라졌다.

뒤돌아서 그 모습을 바라보던 나는 계단 중간에 서 있다는 걸 깨닫고 한숨을 쉬었다.

"이제 와서 놀랄 일도 아니잖아…."

나는 평소에 되도록 '그들'의 모습을 보지 않으려고 했다. 지금처럼 어쩌다 눈에 들어오는 경우도 있지만 이제는 이미 익숙해져서 괜찮다.

나는 평소처럼 '그들'을 무시한 채 개찰구를 지나 밖으로 나갔다. 맑은 겨울 하늘이 내 시야에 꽂혔다.

"눈부셔…."

출근과 등교가 한차례 끝난 이 시간에 역 근처를 돌아다니는 사람은 장을 보는 주부나 1교시 강의가 없는 대학생이 대부분인 것 같다. 나는 아무렇지 않은 얼굴로 그들 틈에 섞여서 역 앞 아케이드 상가로 갔다. 언뜻 보면 대학교에 등교하는 학생으로 보일 것이다. 실제로 나는 이 근처에 있는 사립대학에 아직 적을 두고 있다.

하지만 수업에는 나가지 않았다. 입학한 지 한 달 만에 학교에 발길을 끊어서 내 얼굴을 아는 사람도 이제 없을 것이다.

나는 아케이드 상가를 걸으면서 쇼윈도에 비친 내 얼굴을 힐끔 보았다.

염색하지 않은 짧은 머리에 평균 키. 얼굴은 평범한 대학생처럼 생겼다. 다만 그 눈에는, 스스로 말하기는 민망하지만 다정한 느낌이 있다. 적어도 남들이 경계할 정도는 아니다.

카미나가 토모키. 18세.

학교에 나갈 수도 없고, 그렇다고 계속 방에 틀어박혀 있을 수도 없는, 그런 사람이다. 다만 한 가지 명확하게 다른 사람과 다른 점이 있었다. 그건…

나는 걸으면서 어떤 가게를 힐끔 보았다.

작은 수예점. 그 가게 앞 의자에 한 노부인이 앉아 있었다.

야윈 두 손을 무릎 위에 가지런히 모은 그녀는 잡다하게 진열된 상품들 틈에 섞여 있었다. 나이는 90세쯤 된 것 같다. 짧은 흰머리 아래, 빛바랜 카디건을 걸치고 등을 고양이처럼 말고 있다.

마치 잠든 것처럼 눈을 감고 있는 이 노부인은, 사실 자세히 살펴보면 몸이 어렴풋이 투명하다. 둥근 등 너머로 보이는 털실 더미는 어제까지만 해도 조금 더 색이 또렷해 보였다.

"…저 상태면 오늘내일이 한계려나."

그때, 가게 안쪽에서 작은 노부인이 지팡이를 짚고 비슬비슬 걸어 나왔다.

굽은 등에 빛바랜 카디건. 의자에 앉은 그녀와 똑같은 그 사람은, 천천히 진열장 앞을 지나쳐 지정석인 가게 앞 의자에 앉았다.

투명한 노부인과 가게에서 나온 노부인, 두 사람의 몸이 정확히 겹쳤다.

나에게만 보이는 투명한 형체인 '그들'.

그것은 말하자면 어떤 장소에 남은 그 사람의 기억… 보기에는 그냥 유령과 비슷하다.

지박령의 일종으로 봐야 하려나. '그들'은 각각 특정 장소에서 기록된 동작을 끝없이 되풀이한다.

되풀이하는 동작의 길이는 사람마다 다르다. 1분 정도를 부산스럽게 반복하는 사람도 있고, 30분 넘게 움직이지 않는 사람도 있다.

갑자기 사라지기도 했다가 다시 나타나서 똑같은 시간을 되풀이한다.

'그들'은 어디에나 있다. 역 승강장에 가만히 서 있기도 하고, 어두운 밤길을 걷거나, 아파트 베란다에 우두커니 서 있는 등등 다양하다. 그리고 나에게만 그 모습이 보이기 때문에 소란을 피워봤자 이상한 사람으로 보일 뿐이다.

나는 어린 시절부터 그런 '그들'의 모습을 봐왔다.

부모님과 사이가 서먹해진 것도 툭하면 평범한 사람에게는 보이지 않는 '그들'을 가리키며 저기 뭐가 있다고 떠든 것이 원인이었다. 부모님에게 나는 지금도 '유령을 보는 불길한 아들'일 것이다.

다만 그 인식은 조금 잘못됐다.

내가 보는 '그들'은 그냥 유령이 아니라, 앞으로 죽을 사람의 망령이기 때문이다.

정확히는 아직 죽은 것은 아니니까 생령(生靈)이라고 부르는 것이 맞을지도 모르겠다. 하지만 나에게 '그들'은 망령이나 마찬가지다. 왜냐하면 '그들'은 머지않아 현실이 될 자신의 죽는 순간을 계속해서 되풀이하고 있는 것뿐이니까.

승강장에서 갑자기 전철로 뛰어드는 '그들'의 환영을 본 것도 한두 번이 아니다. 길가에 쓰러진 환영을 진짜로 착각해서 달려간 적도 있다. 투명한 몸이 실체에 가까운 농도를 띠는 것은 '그날'이 가까워졌다는 뜻이다.

죽는 순간을 되풀이하는 '그들'은 이윽고 진짜 자신과 겹쳐지게 된다. 그렇게 삶의 마지막 순간을 맞이한다.

나는 그 현장을 지금껏 몇 번이나 봐왔다.

이 눈 탓에 그동안 온갖 상황을 맞닥뜨렸는데, 그중 어떤 사건을 계기로 나는 결국 학교에도 나가지 않게 되었다. 내가 안 그래도 불길한 행동을 하던 아들이라 그런지 엄마는 일찌감치 체념한 모양이었다.

하긴, 희생자를 여럿 낸 묻지마 살인사건에 자기 아들이 휘말렸다는 이야기를 반길 부모는 없을 것이다.

나는 꽤 큰 충격을 받았는지 그 사건을 포함해서 과거의 기억 여기저기에 구멍이 생겼다. 내 인생인데도 과거에 대해 모르는 것투성이다.

"떠올리지 않는 게 나은 일들뿐일 테니 딱히 상관없지만."

그래도 오늘 아침처럼 잊었던 기억의 파편을 마주칠 때도 있다.

이 눈을 이용해서 사람을 구하겠다는 의지가 아직 남아 있던 시절의 꿈.

그리고 그 희망이 바보처럼 무너졌을 때의…, 마지막 기억.

그 사건이 명확하게 생각나지는 않아도 어마어마한 상실감만은 기억난다.

불에 타는 듯한 충격. 싸늘하게 얼어붙은 몸.

절망으로 새하얘진 머리.

기억나는 건 그것이 전부였다. 내가 어떤 경위로 그 장소에 있었는지도, 누구의 이름을 부르려고 했는지도 모른다.

모두 한참 전에 끝나 버린 일이라 떠올려봤자 아무 의미가 없다. 그리고 앞으로는 그런 일은 절대 사양이다.

그래서 나는 이제…, '그들'을 똑바로 바라보지 않는다.

"…아이코."

가게 앞에 앉은 노부인이 작게 중얼거렸다. 지팡이가 메마른

소리를 내며 바닥을 굴렀다. 나는 잠시 고민하다가 다가가 지팡이를 주워 노부인에게 건넸다. 그러자 그녀는 주름진 얼굴로 활짝 웃었다.

"고맙다, 아가."

현실의 그녀는 천천히 그렇게 말하며 내 손에서 지팡이를 받아 들었다. 나는 지팡이를 든 손이 무릎 위의 투명한 손과 겹치는 것을 보며 가볍게 인사하고 한 걸음 물러났다.

노부인은 그런 나를 조금 쓸쓸한 눈으로 보았다.

가족이 아닌 사람과 대화할 일이 거의 없는지도 모른다. 사람의 온기를 원하는 눈빛이 따뜻하고 부드러웠다. 하지만 그녀는 곧 잠들 듯 스스로 그 눈을 감았다.

나에게만 보이는, 과거와 미래의 망령들.

'그들'은 분명하게 내 인생을 바꿨다. 죽은 사람이 보인다는 아이에게 세상은 냉담했고, 나아가 미래의 죽음을 경고하면 그저 못된 장난으로 치부했다.

아무리 진지하게 이야기해도 돌아오는 반응은 차가웠다. 결국 남는 것은 짓눌려 부서질 것 같은 무력감과 막지 못한 누군가의 죽음뿐이었다.

나는 고개를 숙인 채 아케이드 상가를 나와서 동쪽으로 나아갔다.

그 끝에 있는 주택가는 근처에 예술대학과 오래된 여대가 있어서 그런지 분위기 자체가 차분해서 좋았다. 나는 일주일 전부터 다닌 산책 코스를 유유히 걸었다. 가끔 마주치는 것은 개를 산책시키는 노인이나 신입사원으로 보이는 회색 정장을 입은 청년 정도였다.

그런데 그 사이에도 '그들'이 섞여 있을 때가 있다.

모퉁이를 도는 투명한 여자의 뒷모습. 회사원으로 보이는 그녀는 퇴근길인지 왼쪽 어깨에 서류 가방을 메고 있다. 오른손에는 스케치북이 들려있었다. 정장을 입은 회사원이 들고 다니는 물건치고는 특이하지만, 주변에 예술대학 있어서 그런지 어색하게 느껴지지는 않았다. 미대생이 취업 준비를 하느라 정장을 입은 것일지도 모를 일이다.

그녀의 날씬한 몸은 건너편이 보일 정도로 흐리고 투명한 상태다. 이만큼 흐린 것을 보니 꽤 나중에 죽을 사람인가 보다. 미래의 어느 날, 그녀에게 무슨 일이 일어나는지는 모른다. 알고 싶지도 않다.

그렇게 주택가를 빠져나와서 내가 도착한 곳은 교외에 있는 공원이다.

큰 호수 두 개를 둘러싸듯 자리한 푸른 공원. 개를 산책시키는 행인 정도만 있는 그곳은 오래된 여대 바로 뒤에 있다. 호수를 따라 늘어선 벤치는 대부분 비어 있었다.

나는 그중 하나, 무성한 가지 아래에 고요히 놓인 벤치로 걸어갔다. 익숙한 동작으로 왼편에 앉았다.

그리고 앞을 본 채 그녀에게 말했다.

"안녕."

대답은 없었다. 벤치 오른편에 앉은 그녀는 미동도 하지 않는다.

나는 천천히 숨을 뱉고 물빛 하늘을 올려다봤다.

"일주일만이네, 스즈 씨."

그녀의 이름을, 나는 모른다.

방울이라는 뜻인 '스즈'는 그녀의 방울 모양 목걸이를 보고 내가 멋대로 붙인 이름이다.

바람에 흔들리지 않는 쇼트커트. 살짝 숙인 고개, 하지만 앞을 응시하는 눈.

단정한 얼굴이다. 모양이 예쁜 턱을, 나는 곁눈으로 슬쩍 훔쳐봤다.

그녀의 옆얼굴은…, 투명해서 건너편 나무들이 그대로 보였다.

2

『괴로우면 잊어도 돼. 너부터 챙겨야지.』

그것은, 언젠가 누군가에게 들은 말이다.

누가 한 말인지는 기억나지 않는다. 어렴풋이 짐작은 되지만, 그 존재는 실의와 함께 사라져 버린 기억 속에 있다.

그러니 가끔 짧은 기억의 파편이 문득 떠오르는 것은 독하지 못한 내 마음 탓이리라.

그런 말을 들었으니 잊어버려도 괜찮다. 과거를 잊고 나만의 평온을 택해도 잘못은 아니다. 그런 식으로 자신을 납득시키려고 했다.

그러려고 했지만, 사실 나는….

"어제는 비가 와서 내 방에서 계속 책을 읽었어."

나는 담담히 내 일상을 보고했다.

일기를 쓰듯이 혼자서 그녀에게 이야기했다.

"방에 있으면 괜한 걱정을 안 해도 돼서 좋긴 한데, 내내 방에만 틀어박혀 있기도 싫더라. 덕분에 다른 사람이랑 눈을 마주치지 않고 걷는 데에는 능숙해졌지."

내가 입에 담는 것은 아무에게도 말하지 않을, 아무도 듣지 못할 이야기다.

일주일에 한 번, 나는 이 공원에서 이렇게 그녀 옆에 앉는다.

스즈 씨는 항상 여기에 있는, '그들' 중 하나다.

처음 발견했을 때부터 지금까지 상태에 변화가 없는 것을 보면, 어쩌면 환영이 아니라 정말 그냥 유령일지도 모른다.

나이는 열여덟 살쯤 되어 보인다. 겨울 재킷에 롱스커트를 입고 있지만 투명한 탓에 색감까지는 모른다. 알 수 있는 것은 그녀가 계속 여기에 앉아 있다는 사실뿐이다.

처음으로 그녀를 만난 그날, 나는 아주 지칠 대로 지친 상태였다.

마음이 무너져서 우울하고 피폐한 상태에서 이곳에 왔다.

그리고 벤치에 앉은 그녀를 발견했다.

"내가 본 것 때문에 사람이 죽었어."

옆에 앉아서 말을 툭 뱉어 버린 이유는 그녀가 '그들' 중 한 명인데도 지금까지 봐온 '그들'과 달리 온화하고 조용하게 거기에 앉아 있었기 때문이다. 그 옆얼굴이 신기하게도 그리운 느낌이라…, 마음이 편안해졌다. 정신을 차리고 보니 나 자신과 내 주변에서 일어난 일을 털어놓고 있었다.

"구하고 싶었어. …그뿐이었어. …그랬는데."

사람의 죽음은 혼자서 짊어지기에는 너무 무거웠다.

그런데 터무니없는 이야기라며 부모님도 친구도 믿어주지 않았다. '저 사람은 머지않아 죽을 거야'라고 호소해 봐도 혼이 나거나 불쾌한 시선을 받을 뿐이었다.

그렇게 무의미한 호소를 거듭하는 와중에 그 사람이 죽어 버리는 상황은…, 역시나 괴로웠다.

죽어가는 '그들'의 환영과 현실인 자기 자신 사이에서 이러지도 저러지도 못하던 그 시절의 나는 솔직히 한계였다.

"이제 싫어. …이런 눈은 필요 없어. …이런 건 이제…."

모두 끝내고 싶었다. 도망치고 싶었다.

전부 다 잊고, 버리고, 잠들고 싶었다.

하지만 한바탕 울며 쌓였던 것을 다 토해냈을 때, 나는 봤다.

해 질 녘 불그스름한 햇빛 아래서 스즈 씨가 입가에 살며시 미소를 머금으며 말했다.

"괜찮아. 혼자 두지 않을게."

그 말은, 그야말로 내가 가장 듣고 싶었던 말이다.

그날 이후 나는 스즈 씨의 말에 기대어 여기를 오갔다.

물론 그것이 나에게 하는 말이 아닌 것은 알지만, 나는 의심의 여지 없이 그때 그녀에게 구원받았다. 지금도 구원받고 있다.

내 마음의 안정을 위해서 여기에 오는 것도 있지만, 한편으로는 그녀에게 은혜를 갚고 싶다는 마음도 있다. 정기적으로 상태를 확인하면 그녀에게 죽음이 다가왔을 때 색감의 변화로 알수 있을 것이다. 그런다고 무언가가 바뀌지는 않겠지만, 충고를 담은 편지 정도는 두고 갈 수 있을지도 모른다.

뒤쪽 샛길로 유아차를 미는 젊은 엄마가 지나갔다. 나는 그모습이 사라지기를 기다렸다가 입을 열었다.

"스즈 씨는 내가 항상 지나가는 아케이드 상가에 있는 수예점을 알려나? 거기 할머니가 얼마 남지 않으신 것 같아."

수예점 노부인의 환영은 약 3주 전부터 보였다.

처음에는 신기루처럼 흐릿하던 환영이 서서히 색을 띠고 윤곽이 뚜렷해졌다. 서서히 죽음의 시간이 다가온다는 의미였다.

"내가 보기에는…, 잠든 것처럼 평온한 임종이 될 것 같아."

익숙한 씁쓸함을 말로 뱉었다. 순간, 어깨에 짊어진 짐이 조금 가벼워졌다.

그런 나 자신에게 반은 염증을 느꼈고, 반은 안도했다.

타인의 죽음을 못 본 척하며 입을 다물어 봐도 역시 무언가가 나를 짓누르는 것은 사실이다. 그리고 그것은 의식 밑바닥에 쌓여갔다.

그래서 나는…, 침전하는 감정을 전부 스즈 씨에게 털어놓기로 했다. 털어놓으며 정리해서 다시 내 안에 담았다.

그렇게 해서 나는 하나하나 삼켜가고 하나하나 잊어간다.

"그것 말고도 여러 환영이 보이지만…, 다들 꽤 나중일 것 같아. 때가 가까워지면 또 산책 코스를 바꿔야 해."

아무리 나라고 해도 현실에서 죽음을 목격하고 싶지는 않다. 그것이 이미 알고 있는 사실이라면 더더욱 그렇다. 그래서 나는 다니는 길을 정기적으로 바꾸고 있다.

하지만 어느 길로 다니든 여기에 오는 것만은 변하지 않는다.

나는 스즈 씨가 내 오른편에 앉아 있는 것을 의식했다. 마음이 평온해진다.

이 시간은 내가 살아가는 데 꼭 필요하다.

그날과 마찬가지로 스즈 씨의 입술이 다정하게 움직였다.

"괜찮아. 혼자 두지 않을게."

목소리는 들리지 않아도, 입 모양으로 그렇게 말하고 있다는 것을 알 수 있었다.

이런 이야기를 싫다는 말도 없이 전부 들어주고 고개를 끄덕여주는, 그녀의 존재에 위로받은 나는 오늘도 안도의 한숨을 쉬었다.

"고마워…, 스즈 씨."

누가 보면 바보 같다고 할지도 모른다. 하지만 이것이 내가 사는 방식이다. 구멍투성이인 기억을 안고서 그녀와 보내는 시간에 의지해 하루하루를 버티고 있다.

인적이 뜸한 공원에서는 자연의 소리만 들려왔다.

그대로 벤치에서 깜빡 잠이 들었던 나는 가까운 여대에서 들려오는 종소리에 번쩍 눈을 떴다.

"아니, 벌써 시간이 이렇게 됐네. 또 올게, 스즈 씨."

평소에는 두 시 전에 돌아가는데, 오늘은 벌써 세 시가 다 됐다. 더 늦으면 하교하는 근처 중고등학생들 틈에 섞여서 가야 한다.

작별 인사에도 스즈 씨는 아무 대답이 없었지만, 나는 손을 흔들며 왔던 길을 되돌아갔다.

그때, 저편에서 한 여대생이 걸어오는 것이 보였다.

얇은 회색 니트에 폭이 좁은 청바지.

중학생 소년 같은 늘씬한 체형.

하지만 길고 검은 웨이브 머리가 그녀를 여성스럽게 보이게 했다.

올해 대학교에 갓 입학한 1학년인 것 같다. 똑바로 앞을 바라보는 눈이 봄볕 같아서…, '그들'을 보지 않으려고 고개를 숙이고 다니는 나와는 너무나 달라 보였다.

그녀가 저편에서 오는 나를 힐끗 봤다.

그리고 살며시 미소를 지었다.

그늘이 없는, 맑은 미소.

갈색이 도는 눈동자는 부드러운 빛을 띠고 있다.

나는 겨우 그만한 일에…, 어쩐 일인지 울고 싶어졌다.

"어…, 왜 이러지?"

목소리가 떨렸다.

하지만 그녀는 중얼거리는 내 목소리를 듣지 못한 모양인지 가벼운 발걸음으로 내 옆을 지나쳤다.

스쳐 지나가는 순간, 그 옆얼굴을 보았다.

예쁜 턱선. 매끈하게 뻗은 콧날.

앞을 응시하는, 의지가 느껴지는 눈.

무척이나 낯익은 얼굴이다.

왜냐하면 바로 조금 전까지 나는…, 그녀와 같이 있었으니까.

"…스즈 씨?"

그 목소리가 닿았는지, 3미터 정도 거리에서 그녀가 뒤돌아보았다.

나를 보고 자신에게 하는 말임을 깨달았는지 고개를 갸웃했다.

"응…? 사람을 잘못 봤나 보네. 실례할게."

그녀는 고갯짓하며 가볍게 인사하고 걸어 나갔다. 나는 멍하니 그 뒷모습을 바라보았다.

그쪽에 있는 것은 투명한 스즈 씨가 앉아 있는 벤치다.

나에게만 보이는 투명한 '그들'. 그것은 다시 말해 그녀는 곧…

"…으."

모든 것을 이해하기도 전에 나는 뛰기 시작했다.

서둘러야 한다. 늦기 전에, 빨리.

나는 마침 벤치에 다다른 그녀를 따라잡았다.

그 손을 붙잡았다.

"스즈 씨!"

"꺅!"

그녀는 비명을 지르며 뒤돌아봤다. 커다란 갈색 눈을 휘둥그레 뜨며 나를 보았다.

나는 그 얼굴을 보고 실수를 깨달았다.

"아, 아니, 사람을 잘못 본 게 아니야. 그냥 내가 마음대로 '스즈 씨'라고 부르는 거고…."

큰일이다. 이게 무슨 말도 안 되는 변명인가. 괜히 수상해 보일 뿐이다. 하지만 그렇게 생각하는 머리와는 달리, 내 입은 멋대로 움직였다.

"근데 중요한 얘기니까 들어줘. 지금부터 내가 하는 말은 다 진짜니까 진정하고…."

진정해야 하는 사람은 나다. 조금 더 이성적이고 신중하게 말해야 한다.

진실은 묻어두고 그녀에게 조심하라고 이야기해 줘야 한다. 그래야….

"너는 곧 죽을 거야."

…최악이다.

3

『당신은 곧 죽어요.』

생전 처음 보는 사람에게 그런 말을 들은 이의 표정을, 이 나라에서 가장 잘 아는 사람은 바로 나일 것이다.

놀람과 공포, 나아가 정체를 알 수 없는 무언가를 보고 혐오스러워하는 눈빛.

각오를 했더라도 그 눈빛을 마주하면 순간 얼어붙고 말 것이다. 그래서 나는 믿을 수 없는 자신의 실수에 직면하자 바로 눈을 질끈 감고 말았다.

스즈 씨만은 나를 그런 눈으로 보지 말았으면 했다. 스즈 씨가 나를 그런 눈으로 본다면, 나는 또다시 나의 작은 방으로 돌아가고 싶어질 것이다.

겁 많은 나 자신을 부끄러워하며, 나는 서둘러 마음의 준비를 했다. 어떤 눈빛을 마주하더라도 아무것도 느끼지 못하도록…, 그렇게 자신을 타이르면서 고개를 들었다.

하지만 눈을 뜬 나는 스즈 씨의 얼굴을 보고 맥이 빠졌다.

커다란 갈색 눈이 나를 빤히 응시했다.

"그 말, 진짜야?"

순수한 궁금증을 담은 목소리.

놀란 것 같기는 하다. 하지만 그녀의 눈에는 공포나 혐오가 없었다.

그저 신기한 일을 접하고 '왜'냐고 묻는 어린 여자아이 같았다. 나는 그런 그녀를 보고 놀라서…, 멍하니 눈을 마주 보고 말았다.

"…으, 음…. 믿어 주는 거야?"

"음…, 아직 잘 모르겠지만, 꽤 진지해 보여서. 제대로 이야기를 들어볼까 하고."

그녀는 한 손을 턱에 대고는 고개를 끄덕였다. 긴 머리가 부드럽게 물결쳤다.

천진난만한 표정으로 당연하다는 듯 당연하지 않은 말을 하는 그녀.

그런 모습은 내가 아는 스즈 씨와는 달랐다. 스즈 씨는 항상 말없이 내 이야기를 들어준다. 모든 것을 마냥 들어 주는 존재라서, 역으로 되묻거나 하지는 않았다.

하지만 그렇기에….

"…아."

목이 멘다.

그대로 말이 막힐 뻔한 나는 갈라진 목소리를 억지로 뱉어냈
다.

"고, 마…워."

눈물이 차올라서 아래로 떨어졌다. 아무리 그래도 처음 만났
는데 이상한 소리를 하고 뜬금없이 울음까지 터뜨렸으니 돌이
킬 수가 없다. 그게 아니어도, 여자애 앞에서 울다니 꼴사나웠
다. 우는 건 혼자 있을 때나 해야 하는데.

나는 필사적으로 감정을 통제하려고 입술을 깨물었다. 초등
학교 3학년 때 같은 반 야마다가 날카로운 개그로 교실 안을
폭소의 도가니로 만들었던 순간을 떠올리려고 애썼다.

그렇게 어찌어찌 눈물이 잦아들려던 순간, 누가 내 손을 꽉
쥐어서 소리를 지를 뻔했다.

"…뭐야!"

아직 스즈 씨의 손을 잡고 있었다!

당황해서 손을 놓은 나에게 그녀는 화난 기색도 없이 쿡 하
고 웃었다.

뭐지, 이건…. 계속 정신이 없다.

머릿속이 빙빙 돌아서 생각이 정리되지 않았다. 부끄러운 것
같기도 하고, 기쁜 것 같기도 하고, 내가 나를 파악하기 힘든
상태였다. 억지로라도 궤도를 수정하지 않으면 대화도 제대로
되지 않을 것 같았다.

나는 큼큼 하고 작게 헛기침하며 고개를 들었다.

"미안. 잠깐 당황했어. 보기 힘든 반응이라서."

"나도 곧 죽는다는 말은 처음 들어봐."

"미안해!"

그렇게 들으니 정말 너무 심한 말을 한 것 같아서 미안했다. 나는 다시 화제를 돌렸다.

"으음…. 단도직입적으로 말하면, 나는 가끔… 곧 죽을 사람의 모습이 보여. 그런 사람들이 유령처럼 여기저기 있거든. 너도—."

"응? 여기저기 있다니, 죽을 사람의 얼굴이 어른거린다는 거야?"

"아니야."

"그럼 머리 위에 카운트다운이 보인다거나…."

"아니라니까."

뭐지, 얘는. 이상한 애다. 왜 이렇게 기대감에 부푼 얼굴로 캐묻는 걸까. 자신이 곧 죽는다는 이야기를 들었다는 걸 잊어버렸나.

스즈 씨는 갈색 눈을 빛내며 나에게 다가왔다. 나는 그 거리감 없는 행동에 주춤하면서 말을 이었다.

"그, 그 사람의 실물을 보고 아는 게 아니야. 그냥 그 사람이 죽게 될 장소에서 환영이 보여. 예를 들어 교통사고라면 도로에 뛰어드는 아이의 모습이 보인다거나—."

"아이?! 그게 어디야?! 얼른 손을 써야지!"

"아니, 그건 그냥 예시…."

"얼른 가자!"

그녀의 손이 내 손을 잡았다. 그대로 스즈 씨는 다짜고짜 나를 잡아끌며 달리기 시작했다. 공원 출구로 직진이다.

"어? 아니…, 어?"

갑작스러운 상황에 머리가 따라가지 못한다.

이 사람, 도무지 남의 말을 듣지 않는다. 재난 영화였으면 제일 먼저 뛰쳐나가서 수많은 사람을 말려들게 하고 죽음으로 몰아넣은 뒤에 웬일인지 마지막까지 살아남았을 캐릭터다.

스즈 씨는 나를 질질 끌면서 웃는 얼굴로 뒤돌아보았다.

"아, 나는 세자키 스즈코라고 해. 너는?"

"스즈코?"

"방울을 뜻하는 스즈(鈴)에 아이를 뜻하는 코(子)야. 그래서 아까 네가 불렀을 때 조금 놀랐어."

스즈 씨는 그렇게 말하며 살짝 혀를 내밀었다. 가슴 부근에서 익숙한 방울 모양 목걸이가 흔들렸다.

그랬구나. 그 목걸이는 그녀의 본명을 상징하는 물건이었나 보다. '스즈'는 그녀에게 아주 익숙한 애칭일 것이다. 그래서 조금 전에도 '사람을 잘못 봤다'고 대답하기 전에 잠깐 멈칫했나 보다. 모르는 남자가 갑자기 자기 애칭을 불렀으니 깜짝 놀랐을 만하다.

나는 내 발로 직접 달리면서 자기소개를 했다.

"으음, 나는 카미나가 토모키야. 대학교 1학년."

"카미나가, 토모키…?"

스즈 씨는 의아한 목소리로 되풀이했다. 설마 같은 학교라서 내 이름을 아는 건 아니겠지…?

스즈 씨는 다시 "음…" 하며 고민하는 소리를 냈다.

"카미나가…? 대학교 1학년…?"

"별로 특이한 이름은 아니잖아?"

거듭 확인하는 스즈 씨의 말투에 조금 불안해졌다. 스즈 씨는 그 뒤에도 "흐음" 하며 끙끙대다가 곧 고개를 크게 끄덕였다.

"아무렴 어때! 지금은 이럴 때가 아니야! 자, 그럼 가자, 카미나가! 사람을 구해야지!"

"그러니까 어딜 가는—."

막무가내로 달린다고 '그들'을 만날 수 있는 것은 아니다. 나도 여기 오는 길에 '그들'을 몇 명이나 봤지만, 투명해 보이는 것은 사망 시점이 아직 멀었다는 증거다. 그런 환영을 어찌하려면, 최소 며칠에서 한 달 정도는 잠복해야 한다.

나는 거기까지 생각하다가 문득 어떤 광경을 떠올렸다.

마지막에 본 것은 일주일 전이었다.

이 공원에서 역으로 향하는 길에 가로질러야 하는 큰 도로. 그 횡단보도 앞에 언제부턴가 투명한 여고생 한 명이 서 있었다.

처음에는 거의 투명하더니, 점차 색이 드러나고 윤곽이 보였다. 어딘가 겁을 먹은 듯한, 지친 듯한 그녀의 눈빛도.

도로를 멍하니 응시하는 그녀가 향하려는 곳은 오로지 하나뿐…. 그래서 그때부터 나는 산책 코스를 바꿨다.

그 속도대로 계속 선명해졌다면, 투명한 여고생과 현실의 그녀가 겹치는 시기는 얼마 남지 않았을 것이다. 아직 그 도로에서 사고가 났다는 뉴스는 듣지 못했으니 분명 앞으로 일어날 것이다.

나는 스즈 씨에게 손을 붙잡힌 채로 달리며 무거운 입을 열었다.

"7번 국도… 횡단보도에서…."

"7번 국도? 알았어!"

스즈 씨는 내 손을 놓았다.

하지만 혼자 현장으로 날아가기 위해서가 아니라, 달리기 쉬운 상태를 만들기 위해서인 듯했다. 가끔씩 뒤돌아보며 나에게 어느 쪽으로 갈지 물었다. 그때 말고는 돌아보지 않았다. 마치 내가 반드시 따라올 것이라고 믿는 듯했다.

숨을 헐떡이며, 긴 머리를 흔들며 달려가는 모습.

그 뒷모습은 지금까지 내가 본 그 누구와도 달랐다.

나는 가만히 그녀의 등을 올려다보았다.

스즈 씨는 내 말을 의심하는 기색도 없이 그렇게 1킬로미터 가까운 거리를 한 번도 쉬지 않고 달려갔다.

나는…, 한심하게도 쫓아가는 것만으로도 벅찼다.

"그래서, 이 횡단보도에서 사고가 일어나는 거야?"

"…아마도."

스즈 씨는 제법 체육에 능한가 보다. 이마에 살짝 땀이 맺혔지만, 지친 기색은 없었다. 오히려 땀에 절어서 기진맥진한 쪽은 나였다. 나는 횡단보도가 보이는 건물 모퉁이에 주저앉아서 숨을 헐떡였다.

녹초가 된 나에게 스즈 씨가 손수건을 내밀었다.

"자, 이거."

"…고마워."

그녀의 손수건은 다림질하지 않아도 되는, 보송보송한 타월 손수건이었다. 현실의 그녀를 만난 지 30분도 되지 않았지만, 어쩐지 매우 그녀답다는 생각이 들었다.

나는 늦게나마 허세를 부리며 일어나서 그녀의 질문에 답했다.

"저 횡단보도에…, 재킷을 입은 여고생이 어두운 얼굴로 서 있어."

내가 가리킨 곳은 큰 도로를 가로지르는 횡단보도였다.

교차로는 아니다. 차는 직진하는 길밖에 없고, 보행자가 버튼을 누르고 건널목을 건너는 방식이다. 도로 맞은편에는 헌 옷가게가 있고, 그 앞에 며칠 전부터 한 여고생이 서 있었다.

스즈 씨는 한껏 미간을 찌푸리며 내가 가리킨 쪽을 응시했다.

"…나한테는 안 보이는데."

"나한테만 보여. …지금까지 몇 명한테 말해봤지만, 아무도 믿어주지 않았어."

욱신, 하고 가슴이 아팠다.

지금껏 내 말을 전적으로 받아들여 준 사람은 없었다. 나에게 돌아오는 것은 언짢음이나 분노 섞인 말과 차가운 시선뿐…. 설명할수록 얼어붙는 공기가 그저 답답했다.

그러니 스즈 씨도 결국에는 이런 황당한 이야기를 믿어주지 않을 것이다.

이렇게 될 줄 알았으면 그때 그녀를 불러 세우지 말 걸 그랬다. 아무리 경고하고 싶었어도, 얼마든지 다른 방법이 있었을 것이다. 앞에서 대놓고 진실을 이야기하다니, 어린애나 하는 짓이다.

점점 침울해진 나는 스즈 씨의 옆얼굴을 곁눈질했다.

그녀는 또다시 턱에 손을 대고 "으음" 하며 생각에 잠겼다.

"얼마나 나중에 일어날지 알아?"

"…몰라. 투명도를 보면 아마 이틀 이내일 거야."

마지막으로 봤을 때보다 여고생의 색은 분명히 짙어졌다. 골똘히 생각에 잠긴 듯 우울한 얼굴도 훨씬 또렷하다. 멀리서 봤으면 평범한 사람으로 착각했을 것이다.

나는 여고생의 침울한 표정이 꼭 내 감정과 동기화돼 있는 것 같아서 눈을 돌렸다.

"언제인지 정확히 알 수는 없지만, 이 횡단보도에서 여고생이 차에 치여서 죽어. …아마 신호를 무시하고 뛰어드는 것 같아."

"그런 것까지 알 수 있어?"

"응. 표정을 보면 알 수 있고, 갑자기 뛰어드니까―."

그렇게 말한 순간, 서 있던 여고생이 도로로 뛰어들었다.

현실에서는 차가 전혀 보이지 않는다. 하지만 어슴푸레하게 투명한 그녀의 몸은…, 무언가에 부딪혀 공중을 날았다. 그렇게 도로에 내동댕이쳐진 그녀를 보지 않으려고 나는 눈을 감았다.

"카미나가?"

"…잠깐 기다려 봐."

내가 천천히 심호흡한 뒤 눈을 뜨자, 투명한 여고생은 다시 횡단보도 앞에 서 있었다. 바로 조금 전에 뒤틀렸던 사지가 멀쩡하게 원상태로 돌아왔다. 피 웅덩이에 잠겼던 머리도.

'그들'은 현실에서 죽음의 순간이 올 때까지 이렇게 몇 번이고 미래의 죽음을 재현한다. 그 모습을 보는 것은 솔직히 그리 유쾌하지 않다.

나는 이마에 맺힌 식은땀을 닦았다.

"죽는 본인 말고 다른 환영은 안 보여. 그래서 시간도, 어떤 차에 치여서 죽는지도 몰라. 하지만 이 일은 조만간 반드시 일어나."

"반드시?"

"반드시. 막으려고 해도 소용없어. 다들 이런 얘기는 믿어주지도 않고…."

구체적으로 지금까지 어떤 괴로운 일들을 겪었는지, 스즈 씨에게 말할 마음은 없다. 벤치에 앉은 스즈 씨에게는 무엇이든 말할 수 있지만, 내가 모르는 그녀에게는 말하고 싶지 않다. 나를 쉽게 꿰뚫어 보지 않았으면 하는 마음일지도 모른다.

멀리서 신호가 바뀌었는지, 차 여러 대가 도로를 달려왔다. 이 시간에 교통량은 그리 많지 않지만, 밤이 되면 화물 트럭이 속도를 내서 지나다닌다고 들었다.

스즈 씨는 오가는 차량을 보면서 고개를 끄덕였다.

"그렇구나. 대충 이해한… 것 같아."

나는 그녀의 말을 흘려들었다.

스즈 씨는 아무래도 황당무계한 이야기에 혐오감을 보이는 성격이 아닌가 보다.

그 사실에는 조금 안도하기는 했지만, 그래도 '거기까지'다. 상식이 있는 보통 사람은 "이해한다", "힘들겠네"라는 말 뒤에 흔해 빠진 위로를 덧붙이며 이야기를 마친다. 이렇게 하면 양심에 가책을 느끼지 않아도 되고, 반대로 그 이상 파고들기에는 힘이 들기 때문이다.

나는 한차례 한숨을 쉬며 기분을 전환했다.

일단 스즈 씨를 어떻게든 구할 수 없을지 생각해보자. 아직 시간도 꽤 남았을 것이다. 나는 그녀에게 가볍게 손을 들었다.

"스즈 씨, 미안하지만 나는 이제—"

"아, 잠깐 기다려 봐. 잠복할 거니까 특징을 조금만 더 알려 줘."

"……뭐?"

방금 내가 무슨 말을 들은 거지?

"이틀 정도면 가능할 것 같아. 아직 그렇게 춥지도 않으니까.

근처에 편의점이 있어서 끼니도 때울 수 있고….”

“…뭐라고?”

“아, 화장실도 확실하게 허락받고 쓸 테니까 걱정 마.”

“그런 걱정은 안 해!”

내가 갑자기 큰 목소리를 내자, 스즈 씨는 움찔했다. 놀라게 한 것은 미안하지만, 방금은 누구라도 그랬을 것이다.

이 사람은 뭘까…. 믿고 안 믿고의 문제가 아니라, 이런 이상한 일에 뛰어드는 사람이라니.

“이틀은 길어. 이런 길거리에서 잠복은 무리야.”

“근데 형사들은 하잖아.”

“스즈 씨는 형사가 아니잖아.”

이 사람과 대화하면 초등학생과 이야기하는 느낌이다…. 의아한 표정을 짓는 스즈 씨에게 나는 씁쓸한 얼굴로 고쳐 말했다.

“처음 본 사람이 던진 진짜인지 아닌지도 모를 이야기에 이틀이나 잠복하겠다니, 제정신이 아니야.”

“그런가?”

스즈 씨는 주변을 빙 둘러보았다. 오후를 맞은 길거리에는 지나다니는 차는 있었지만 행인은 드물었다. 그중에는 당연히 문제의 그 여고생도 없다. 다만 똑같이 생긴 환영이 횡단보도 앞에 서 있을 뿐이다.

스즈 씨의 갈색빛 도는 큰 눈이 다시 내 쪽을 향했다.

“나는 이게 거짓말이면 그런 이야기를 처음 본 사람에게 할 이유가 없다고 생각해.”

"…."

"적어도 나는 카미나가의 태도를 보고 진실을 말하고 있다고 생각했어. 혹시 진실이 아니라고 해도 카미나가는 스스로 진실이라고 믿고 있다고 생각해."

"…너는…."

스즈 씨의 말에서는 전혀 거짓이 느껴지지 않았다.

불순물이 없는 물 같아서 순식간에 떨어져 스며든다.

어리석은 것과는 분명히 다르다.

나는 어금니를 꽉 물었다. 그러지 않으면 왠지 지금껏 삼켜온 나약한 소리를 뱉어버릴 것 같았다.

스즈 씨는 나를 보며 꽃처럼 웃었다.

"게다가 생각해 봐. 겨우 이틀을 들여서 누군가의 목숨을 구할 수 있다면, 당연히 해야지. 사람은 80년이나 사는걸! 할 수 있어. …괜찮아!"

『괜찮아….』

몇 번이나 들은 그 말.

오른손을 쥐고 살짝 치켜드는 그녀는 미래를 모르는 어린아이 같다.

선량하고 단순하고…, 그래서 그만큼 든든했다.

정말로…, 뭘까, 이 사람은.

이러면 내가 항복하는 수밖에 없지 않나.

나는 그녀의 시선을 피해서 고개를 숙였다. 웃음이 나올 것 같으면서도 울 것 같은, 이상한 기분이다. 새어 나올 뻔한 목소리를, 나는 애써 삼켰다. 표정을 고치고는 다시 고개를 들었다.

"알았어. 그럼 나하고 교대로 잠복하자."

"뭐? 그건 안 돼!"

"왜!"

"카미나가한테 잠복은 좀…, 무리 아니야?"

"그건 내가 아까 한 말이잖아! 피차일반이야!"

뭘까, 이 사람. 어떤 기준으로 움직이는 거지? 도무지 모르겠다.

하지만 스즈 씨는 내 주장에 개의치 않고 두 손을 앞으로 내밀면서 "안 돼, 안 돼. 절대 안 돼" 하며 단호하게 버텼다. 그렇게 완고한 이유도 모르겠고, 어떤 사람인지도 도무지 모르겠다. 이 사람, 친구는 있나? 있다면 분명 마음이 바다처럼 넓은 친구일 것이다.

하지만…, 그녀가 나를 믿어서 어떻게든 해보려고 하는 것은 사실이다.

그래서 나는 나 나름대로 거기에 응할 수밖에 없다.

"알았어. 그럼 잠복은 스즈 씨에게 맡길게. 그래서 핵심인 특징 말인데—"

나는 여고생 환영을 보며 알 수 있는 한에서 외모를 설명했다. 마지막으로 작은 메모지를 꺼내서 거기에 휘갈겨 썼다.

"그리고 이거, 내 휴대전화 번호야. 무슨 일 있으면 연락해."

"응. 고마워. 내 번호는 이거야."

스즈 씨는 그렇게 말하며 가방 안에서 파스텔색 명함을 꺼내 내밀었다. 거기에는 '세자키 스즈코'라는 이름과 함께 휴대전화 번호와 메일 주소가 적혀 있었다.

이 사람…, 자기 개인 정보를 이렇게 함부로 알려줘도 되나? 처음 본 남자에게 명함을 건네다니, 내가 스토커면 어쩌려고.

하지만 연락처를 알게 된 것은 반갑다. 나는 명함을 가방 주머니에 넣었다.

"그럼 갈게, 스즈 씨. 지금까지 얘기 들어줘서 고마워. 힘내."

"응! 카미나가도 집에 조심히 들어가!"

나는 어린아이를 대하는 듯한 인사를 받고 내심 맥이 풀렸지만, 그대로 자리를 떴다. 잠깐 뒤돌아보니, 스즈 씨는 여전히 손을 크게 흔들고 있었다.

나는 하는 수 없이 덩달아 손을 흔들며 모퉁이를 돌았다. 스즈 씨의 모습이 보이지 않게 되자마자 뛰기 시작했다.

"쟤는 진짜…!"

잠복이라니, 현실적이지만 비효율적이다. 정말 단서가 아무것도 없을 때 써야 할 마지막 수단이다.

다행히 나는 '누가 죽는지'를 볼 수 있다. 그렇다면, 어딘가에서 아직 살아 있는 그 사람을 찾아내면 된다. 나는 달리면서 휴대전화를 꺼냈다.

"도쿄, 고등학교, 재킷…."

나는 이미지 검색으로 나온 사진을 재빠르게 스크롤 했다.

중간중간 전혀 관계없는 학교 건물 사진도 섞여 있었는데, 그런 것은 바로 넘겼다. 옷깃의 모양, 리본…. 그런 것부터 시작해서 산더미 같은 사진을 추려갔다.

그러다가 나온 것은….

"이거다."

찾았다. 두 정거장 거리에 있는 여고다. 여기에서 그리 멀지 않다. 아직 하교 시간까지는 여유가 있다.

나는 가장 가까운 역으로 달렸다. 머리 위를 지나는 고가를 올려다보면서, 손을 흔들던 스즈 씨의 모습을 떠올렸다.

이틀이나 길거리에서 잠복하겠다니, 정말 평범하지는 않다.

하지만 나는 왠지 그녀가 한 말이 절대 빈말 같지가 않아서…, 그저, 그 어리석은 도전을 막아야 한다고 생각했다.

문제의 여고는 작은 역에서 언덕길을 조금 올라간 곳에 있었다.

하교 시간까지 여유가 있을 줄 알았건만 행사라도 있어서 일찍 끝났는지, 학교 앞에 도착하자마자 안에서 익숙한 교복을 입은 여자아이들이 쏟아져 나왔다.

나는 발랄한 목소리의 여고생들을 피해서 정문이 보이는 건물 그림자 속에 진을 쳤다.

"결국 나도 잠복이군…."

이런 모습을 스즈 씨에게는 들키기라도 하면, "안 된다고 했잖아!" 하며 소란을 피워서 경비원을 불러낼 것이 분명하다.

그런데 정문이 보이는 곳에 있자니 숨어도 숨은 것 같지 않아서, 나는 하교하는 여고생들의 호기심 어린 시선을 한 몸에 받아야 했다. 여고생들이 나를 보며 키득거리는 건 기분 탓일 거라고 생각하고 싶었지만, 아마도 기분 탓은 아닌 것 같다.

"제길…. 이런 거 오랜만이네."

다가올 죽음을 막을 수 있는 사람은 나뿐이라고, 그렇게 생각하던 시절에는 잠복이나 미행도 많이 했다. 그렇다고 능숙해진 것은 아니지만 이렇게 의심의 눈초리를 받는 불편함에는 어느 정도 익숙해졌다.

그렇게 하교하는 여고생들의 얼굴을 일일이 확인한 지 약 15분.

"…저 앤가?"

긴 머리를 양 갈래로 묶은 소녀. 친구와 담소를 나누면서 하교하는 그녀는 확실히 내가 환영으로 본 그 여고생이다.

하지만 표정은 사뭇 달랐다. 더없이 쾌활해 보여서 이틀 안에 차에 뛰어들 것 같지는 않았다. 사람을 잘못 본 건 아니겠지…?

나는 불안을 느끼며 그 여고생들이 지나가기를 기다렸다가 뒤를 쫓았다.

높은 목소리로 나누는 대화가 드문드문 들렸다.

여고생들의 대화에는 의미를 알 수 없는 고유명사가 잔뜩 나온다. 하지만 그녀들은 한마디를 나눌 때마다 소리를 높여 웃었다. 나는 친구와의 그런 시시껄렁한 대화를 잃은 지 오래였다. 상대가 여고생이라는 것 이상으로 깊은 간극을 느껴서 무거워지는 숨을 삼켰다.

그러는 와중에 그녀는 친구들과 헤어져서 혼자가 되었다.

향하는 곳은 스즈 씨가 잠복 중인 7번 국도 방향이다.

그녀가 도로에 뛰어드는 것은 오늘 아니면 내일이다. 그 하루 이틀 사이에 그녀의 심경을 단번에 뒤흔드는 사건이 일어나는 것이 틀림없다. 남자친구에게 차였다든가, 친구에게 배신당했다는가, 소중한 물건을 잃어버렸다든가, 아니면…, 숙제를 잊어버렸다든가….

"…상상력이 너무 빈곤하네."

안 되겠다, 나는. 이게 사람들과 어울려 지내지 않는 폐해인가.

나에게 인간의 죽음은 익숙하지만, 인간이 '죽고 싶어지는 이유'는 상상하기가 어렵다.

죽음은 대부분 불합리하고, 갑작스럽게 찾아오는 법이다. 사람이 의식하지 못한 틈을 비집고 나타난다. 그리고 저항할 수 없다.

그러니 그녀도…, 절대 도망칠 수 없을 것이다.

나는 그런 생각을 하면서 일정한 거리를 두고 여고생을 미행했다.

이 근처는 격자형 구조로 된 주택가다. 그녀는 날씬해서 언뜻 보면 운동과는 인연이 없을 것 같은데, 걷는 속도가 꽤 빨라서 몇 번이나 놓칠 뻔했다. 나는 잔달음질하며 그녀의 뒤를 쫓았다.

"…위험한데."

이대로 계속 가면 스즈 씨가 있는 그 횡단보도가 나온다.

지금으로서는 차에 뛰어들 만한 계기가 전혀 없지만, 사람은 언제 어떤 심경의 변화를 겪을지 알 수 없다. 더구나 스즈 씨와 만나게 되면 무슨 일이 일어날지 모른다.

설령 오늘이 뛰어드는 날이 아니더라도, 스즈 씨라면 처음 보는 이 여고생에게 아무렇지도 않게 태클부터 걸고 볼 것이다. 이럴 줄 알았으면 외모 특징을 알려주지 말 걸 그랬다. 만난 지 얼마 되지도 않은 나를 이렇게까지 걱정시키는 스즈 씨는 대체 정체가 뭘까. 이건 다 스즈 씨 때문이다.

게다가…, 어찌 됐든 나는 역시 스즈 씨가 이 이상 '그들'에게 관여하지 않았으면 한다.

스즈 씨가 나를 믿는다고 했지만, '그들'의 존재를 확신하는 수준은 아니리라. 그저 내가 진지하니까 믿어줄 뿐이다.

하지만…, 한번 그것을 넘어서서 환영을 확신하게 되면, 스즈 씨는 모든 '그들'에게 관여하려고 할 것 같았다. 그것도 필연적으로 나를 끌어들여서…. 그런 사태는 사양이다.

나는 모퉁이를 도는 여고생을 달리며 쫓아갔다.

누가 보면 스토커로 오해할 것 같다. 아무튼 그 환영처럼 현장으로 향할 예정이라면 그녀는 이대로 거리를 따라서 서쪽으로 걸을 것이다.

스즈 씨를 맞닥뜨리기까지 이제 1킬로미터도 남지 않았다.

이대로 미행할까, 아니면….

재킷을 입은 뒷모습을 보며 나는 망설였다.

비록 저 여고생이 가까운 미래에 죽음을 택한다고 할지라도.

모르는 척하면 된다. 지금까지도 계속 못 본 척하며 살아왔다.

스즈 씨도 그렇다. 정말로 그 횡단보도에서 이틀이나 잠복할지 알 수 없다.

관여하지 않는 편이 평화로울 것이다. 죽음의 환영 같은 것은 보이지 않는 게 보통이다.

하지만…

도로에 뛰어드는 여고생의 환영.

가녀린 몸이 장난감처럼 공중을 날아서, 도로에 내동댕이쳐진다.

그 결과는 그저 죽음이다.

매우 불합리하고…, 갑작스러운….

"…으."

가슴이 답답하다.

숨이 막힌다. 흐릿한 이미지가 뇌리를 몇 개나 스쳐 지나간다.

길 위에 퍼지는 붉은 피. 움직이지 않는 몸.

비명. 아이의 울음소리. 멀리서 들려오는 사이렌.

그런 건 이제…

어두워져 가던 시야에, 올곧은 목소리가 울려 퍼진다.

'누군가의 목숨을 구할 수 있다면, 당연히 해야지.'

내 마음에 닿는 말.

그 목소리가 들린다.

'괜찮아. 혼자 두지 않을게.'

바로 그것이 나와 세상을 연결하는 조각이다.

"···그, 저, 저기!"

목구멍에 걸려 있던 말이 미끄러져 나왔다.

나는 경직된 목소리를 듣고서야 그것이 내 입에서 나온 소리임을 깨달았다. 의아한 표정으로 뒤돌아본 여고생을 향해 허둥지둥 말을 이었다.

"저기, 너! 잠깐 기다려!"

여고생은 나를 힐끔 보고 눈썹을 찌푸렸다.

"뭐야··· 나한테 무슨 볼일 있어?"

"그쪽으로 가지 않는 게 좋아."

"뭐?"

하루에 두 번이나 처음 보는 사람에게 말을 걸다니, 내가 어떻게 된 게 분명하다. 이것도 다 스즈 씨 때문이다.

그러니 이제 이걸로 마무리를 지을 것이다. 나는 멈추려는 머리를 필사적으로 굴렸다.

"가면 너는 반드시 후회할 거야. 네 주변 사람도."

그럴듯한 말이 생각나지 않았다. 여고생은 명백하게 얼굴을 찡그렸다.

큰일이다. 전혀 믿지 않는 얼굴이다. 안 된다. 어떻게든 해야 한다. 어떻게든….

"가, 가면 안 돼. 가면…, 목숨이 위험해."

"뭐? 요즘 그런 장난이 학교에서 유행이야? 완전 재미없거든?"

그녀의 눈이 짜증과 혐오로 치켜 올라갔다. 지금까지 몇 번이나 봐온 그 표정에 나는 내심 위축됐다. 해야 할 말들이 안개처럼 흩어진다.

하지만 그래도 막아야 한다. 나는 두 주먹을 꽉 쥐었다.

"…장난이 아니라 진짜야…. 이대로 가면 너는 죽을지도 몰라."

믿을 수 없는 이야기인 것은 안다.

하지만 조금이라도 조심해주면 그걸로 됐다고 생각했건만…, 그녀는 얼어붙은 눈으로 나를 노려보며 작게 내뱉었다.

"기분 나빠!"

"…으."

여고생은 막을 틈도 없이 달려 나갔다. 나는 허겁지겁 뒤를 쫓았다.

하지만 그녀의 모습은 금세 모퉁이 너머로 사라졌다. 그 앞은 바로 7번 국도다. 나는 달리는 속도를 올려서 모퉁이를 돌았다.

그리고 경악했다.

"잠깐…! 버스를 탄다고?!"

때마침 도착한 버스에 서둘러 올라타는 여고생의 모습이 보였다.

버스는 무정하게도 내 눈앞에서 출발했다. 나는 버스 번호를 확인하고 정류장으로 뛰어가 노선도를 찾았다.

"아, 역시 7번 국도야⋯."

멀어지는 버스는 이제 7번 국도를 따라 서쪽으로 달려 결국 다음다음 정류장에 도착할 것이다. 그 근처에 있는 횡단보도에 스즈 씨가 잠복하고 있다.

나는 버스를 뒤쫓아 달렸다.

"제길! 이건 예상 밖이잖아!"

혹시 내가 말을 걸어서 버스를 탄 건가?

그렇다면 어마어마한 역효과다. 이대로 역까지 버스를 타고 가주면 좋을 텐데, 안타깝게도 그렇게 된다는 보증은 없다.

나는 달리면서 스마트폰을 꺼냈다. 가방 주머니에서는 스즈 씨의 명함을 꺼냈다.

사실은 내키지 않지만, 투덜거릴 때가 아니다. 나는 명함에 적힌 번호를 재빨리 입력했다. 잠시 동안 통화 연결음⋯이 아니라 동요가 흘러나왔다.

"뭐야, 왜 하필 통화 연결음이 '토오랴세'(일본의 전래동요. 노래 분위기가 음침하고 가사가 의미심장해서 무섭다는 의견이 있다. 일본에서는 횡단보도 신호음으로 많이 쓰인다. - 옮긴이)야! 무섭잖아!"

게다가 반주 음악이 아니라 어린 소녀가 제대로 부르는 버전이었다. 엄청나게 무섭다. 괴롭히는 건가. 이 명함 자체가 함정인가. 함정이라면 스즈 씨의 이미지가 너무 달라지는데.

통화 연결음을 제대로 듣고 싶지 않았던 나는 스마트폰을 귀에서 떼어놓은 채 달렸다. 하지만 스즈 씨가 전화를 받을 낌새는 전혀 없었다. 번호를 잘못 눌렀나 하고 명함을 다시 봤지만, 그렇지도 않았다.

"설마 벨소리 꺼놓은 거 아니야…?!"

그렇다면 더는 기대할 수 없다. 나는 몸 여기저기가 지르는 비명을 모른 체하며 이미 보이지 않는 버스를 뒤쫓았다. 7번 국도가 나오자, 인도가 넓어졌다.

정말이지 최악이다.

계속 보이지 않는 척하다가, 스즈 씨 한 명에게 말을 걸었을 뿐인데.

여고에서 잠복하게 되지를 않나, 여고생에게 멸시의 눈빛을 받지 않나, 무서운 동요를 들으며 전력 질주하지를 않나, 험한 꼴이다. 지금 당장 달리기를 멈추고 집으로 돌아가서 샤워하고 자고 싶다.

하지만 여기서 포기하면 의미가 없다. …나는 그런 막연한 생각을 하면서 7번 국도를 따라 마냥 달렸다.

차도에는 큰 도로답게 교통량도 많았다.

그런데 하차하는 사람이 있었는지 버스가 100미터쯤 앞에 서 있는 것이 보였다. 거리를 좁히려면 지금이다. 그렇게 생각하는데, 버스가 다시 출발했다.

"히, 힘들어…."

이럴 거면 역시 횡단보도에서 잠복하는 게 낫지 않았을까?

하지만 그런 생각을 하는 것만으로도 스즈 씨에게 진 느낌이라 싫었다. 그 사람은 아직 전화도 받지 않는다. 토오랸세만 계속 흘러나왔다.

나는 필사적으로 버스를 쫓아갔다. 그러나 아무리 애써도 인간의 다리로는 한계가 있다. 버스의 뒷모습이 점점 멀어져 갔다. 그런데 쭉 뻗은 7번 국도 저 멀리에서 버스가 다시 멈췄다. 그리고 안에서 낯익은 여고생이 내렸다. 그녀는 그대로 주변을 살피며 가까운 헌 옷 가게로 들어갔다.

거기는 스즈 씨가 잠복하고 있을 횡단보도 앞이었다.

"…스즈 씨!"

통화 연결 중인 스마트폰을 봤다. 자동 응답 서비스로 넘어가지도 않으니, 한번 끊었다가 다시 거는 것이 나을지도 모르겠다.

그런데 그때, 갑자기 화면이 바뀌며 밝은 목소리가 울렸다.

"네에, 세자키 스즈코입니다."

"스즈 씨! 방금 버스에서 내린 애!"

"아…, 괜찮아, 카미나가."

뭐가 괜찮다는 것일까. 불안하지만, 내 전화인 건 아는 모양이다. 다행이다. 적어도 이 일로는 예상을 벗어나지 않아서 다행이다.

"방금 헌 옷 가게로 들어간 애 봤지?"

"헌 옷 가게?"

"바로 눈앞에 있잖아. 거기에…"

거기까지 말하다가 내 실수를 알아차렸다.

나는 그 횡단보도 어느 쪽에 여고생의 환영이 있는지 말하지 않았다.

차에 치이는 여고생의 모습에서 눈을 돌리느라 제대로 가리키지 않았다.

그러니 아마⋯, 스즈 씨는 조금 전처럼 횡단보도 맞은편에 있을 것이다.

"⋯큰일 났다."

나는 오싹, 하고 핏기가 가셨다.

아니, 아직 늦지 않았다.

헌 옷 가게에 들어갔으니 옷을 보는 시간이 있을 것이다. 그 사이에 따라잡으면 된다.

하지만 그 직후, 수백 미터 앞에 있는 헌 옷 가게에서 방금 들어갔던 여고생이 나왔다.

뭐야, 왜 벌써 나와?! 좀 더 천천히 구경해야지! 마음에 드는 옷이 있을지도 모르잖아!

"스, 스즈 씨!"

나는 난처한 나머지 외쳤다. 곧바로 스즈 씨의 대답이 들려왔다.

"응. ⋯찾았어."

맑게 울리는 목소리.

지금까지 들어본 목소리 중에서 가장 깨끗하게 내 귀에 닿았다.

만약 내가 조금 더 어렸다면, 그것을 '운명을 바꾸는 목소리'라고 생각했을지도 모른다.

그녀의 목소리에는 그만큼 힘이 있다.

그녀의 말도 그렇다. 그래서 나는 여기에 이렇게 있을 수 있다.

하지만…, 상대는 바로 그 스즈 씨다. 횡단보도를 급하게 건너다가 자기가 차에 치일지도 모른다. 적어도 주의 환기는 해둬야겠다.

"스즈 씨, 잠깐 기다—."

뚝 하고 스마트폰 통화가 끊겼다. 스즈 씨가 끊었다는 것을 깨달았을 즈음 나는 이미 횡단보도에서 100미터쯤 떨어진 곳에 와 있었다.

여고생은 환영과 똑같은 자리에서 환영과 똑같이 어두운 얼굴로 발밑을 보고 있다.

조금 전까지는 저런 분위기가 아니었는데. 헌 옷 가게에서 남자친구에게 차이거나 친구에게 배신당했나? …아.

"혹시…, 나 때문인가?"

내가 그런 충고를 했으니까.

그러니까 신경이 쓰여서 어두운 얼굴로 고개를 숙이고…, 아아, 역시 그런 건가?

"…하지만!"

하지만 그게 자살할 만한 일은 아니다. 그렇다면 역시 다른 무언가가 있는 것일까.

거리는 이제 50미터.

여고생은 보행자 신호를 힐끔 올려다보았다. 신호는 아직 빨간불이고, 오가는 차는 적었다.

그런데 그때…, 반대편 인도에서 아이 목소리가 들렸다.

"어, 누나!"

인도를 걷는 유치원생 행렬에서 난 목소리는 세 살쯤 된 어린 남자아이 소리였다.

그는 도로 반대편에서 누나를 발견하고 방방 뛰었다. 그러다가 인솔하는 어른의 제지를 뿌리치고 차도로 뛰쳐나갔다.

"타케루!"

여고생이 비명을 질렀다.

그녀는 반사적으로 차도에 뛰어들려고 했다.

거기서부터는 내가 익히 아는 미래다.

여고생은 남동생을 보호하려다가 차에 치인다.

나는 나도 모르게 고개를 돌리려고 하다가….

"안 돼!"

뻗어 나온 가느다란 팔이 남자아이의 옷깃을 잡고 인도로 잡아당겼다.

그럴 수 있는 사람은 한 명뿐이다.

"스즈 씨!"

울려 퍼지는 클랙슨 소리.

남자아이의 코앞에서 간발의 차로 차가 스쳐 지나갔다. 무사한 남동생을 보고 여고생의 다리에도 힘이 풀렸다.

멈춰 서려다가 휘청거리는 그녀를 향해, 하얀 왜건 차량이 다가왔다.

밟히는 브레이크. 그녀는 아직 움직이지 못하는 상태다.

그대로 공중으로 날아갈 그녀를…, 나는 드디어 따라잡았다.

"위험해!"

그녀의 팔을 붙잡고 온 힘을 다해 잡아당겼다.

나는 그대로 꼴사납게 엉덩방아를 찧었다. 여고생과 뒤엉켜서 인도 옆 아스팔트를 굴렀다. 머리 바로 옆으로 차가 지나가서 순간 전신이 얼어붙었다.

하지만…, 땀에 젖은 몸과는 반대로 머릿속은 타는 듯이 뜨거웠다.

나는 여고생 밑에 깔린 채 하늘을 바라보며 한숨을 쉬었다.

"뭐야, 진짜…. 최악이야."

몸은 여기저기 부딪혀서 욱신거렸다. 계속 달린 탓에 옆구리와 폐도 아팠다. '기분 나쁘다'는 소리나 듣고, 옷은 더러워지고, 좋은 일이 없다.

그리고 무엇보다…, 지금의 기분은 최고다.

"카미나가!"

스즈 씨의 목소리가 나를 부른다.

햇빛을 가리며 그녀가 나를 들여다봤다. 구불구불한 긴 머리 끝이 내 얼굴에 닿았다.

"카미나가, 괜찮아?"

"…덕분에."

내가 넘지 못한 벽을, 아주 가뿐히 넘어 버린 그녀.

정말 말도 안 되는 기적이다. 적어도 나에게는.

그런 그녀가 나에게 하얀 손을 내밀었다.

투명하지 않은, 현실 속 그녀의 손.

벤치 옆자리가 아니라 가까이서 마주 보고 있다.

그녀가 너무나 또렷해서 나는 숨을 삼켰다.

"카미나가?"

"…아무것도 아니야."

나는 두근거림이 멈추지 않는 가슴으로 심호흡하고 그녀에게 손을 뻗었다. 쓸려서 피가 난 손바닥을 하얀 손에 포갰다.

"고마워, 스즈 씨. …그리고 중요한 부탁이 하나 있는데."

"뭔데, 뭔데? 말해 봐."

"통화 연결음 좀 바꿔 줘."

"어…? 그거 내가 좋아하는 건데."

이게 우리 두 사람이 엮은, '그들'에 얽힌 이야기의 시작이었다.

4

『카미나가는 정말 남을 잘 돌보는구나.』

그렇게 말하고는 손을 흔들며 사라진 학생은 내가 모를 뿐, 나와 같은 대학교에 다닐지도 모른다.

장소는 역 앞 아이스크림 가게 벤치다. 나는 '그'와 나란히 아이스크림을 먹고 있었다. 나는 더블 컵이고, '그'는 트리플 콘이다. 도전 의식도 과하면 독인데. 나는 옆에서 아이스크림을 먹는 '그'를 올려다보았다.

『이런 데서 놀아도 돼?』

『괜찮아. 아이스크림 맛있잖아.』

'그'는 그렇게 말하고 균형을 잡으며 아이스크림을 먹었다.

떨어뜨릴 것 같다. 그렇게 생각하자마자, 제일 위에 있는 아이스크림이 아스팔트 위에 툭 떨어졌다. 마냥 행복해 보이더니 순식간에 진심으로 낙담하는 '그'를 보고 나는 헛웃음이 나왔다.

『그래서 컵으로 시키라고 했잖아.』

『컵은 못 먹지만 콘은 먹을 수 있잖아.』

『떨어뜨린 아이스크림은 못 먹어.』

내가 진실을 지적하자, '그'는 곧바로 슬픈 표정을 지으며 묵묵히 남은 아이스크림 두 개를 먹었다.

그때, '그'의 휴대전화 벨소리가 울렸다. 그는 못생긴 인형이 달린 키링을 흔들며 전화를 받았다.

『어, 나야.』

나는 거기서부터 뒤 내용은 듣지 않고 일어섰다.

역 앞 거리에서 달려가는 '그들'이 보여서였다. 중학교 교복을 입은 소녀는 테니스 라켓이 든 가방을 어깨에 메고 전속력으로 뛰었다.

그리고 그대로 도로에 뛰어들어서….

『…새로운 게 보였어. 아마 그리 머지않은 미래일 거야.』

『오, 알았어.』

'그'는 흔쾌히 대답하며 일어섰다. 우리는 역 앞 거리로 가서….

꿈은 거기서 끊겼다.

그리고 눈을 뜬 나는 평소처럼 아무것도 기억하지 못했다.

역 앞 대로와 인접한 카페는 평일 오전인데도 그럭저럭 사람이 차 있었다.

아케이드 상가나 아이스크림 가게가 있는 북쪽 출구를 바깥쪽이라고 하면, 이쪽에 있는 남쪽 출구는 말하자면 안쪽이다. 그래서인지 카페 안에도 꽤 차분한 공기가 흘렀다.

아이를 유치원에 보내고 난 엄마들, 외근하는 영업사원, 노트북을 펴고 일하는 사람 등 다양한 손님들 사이에 대학생의 모습은 의외로 적다.

아마 이 시간에 깨어 있는 대학생이라면 강의를 들으러 갔거나 아르바이트를 하고 있을 거고, 그렇지 않은 사람은 아직 자고 있을 것이다. 기분 탓인지 주변에서 힐끔거리는 시선을 느끼면서, 나는 직원이 가져다준 카푸치노를 한 모금 마셨다. 말없이 설탕을 추가하는 나를 스즈 씨는 말끄러미 바라보았다.

"저기, 스즈 씨. 너무 쳐다봐서 당황스러운데."

조금 전부터 그녀는 내 일거수일투족을 가만히 관찰했다. 괴롭히려는 의도인지 모르겠지만, 정말 어찌할 바를 모르겠다. 공원 벤치에서와는 완전히 딴판이다.

어제부터 이런저런 일이 너무 많았던 하루. 스즈 씨가 문자메시지로 불러냈을 때는 솔직히 무시하고 싶었다. 그런데 무시하면 무시한 대로 뭔가 엉뚱한 일을 당할 것 같았다. 그래서 어쩔수 없이 부름에 응했다.

스즈 씨는 내 항의에 퍼뜩 정신을 차렸다.

"아, 미안, 미안. 카미나가 얼굴이 재미있어서."

"아닌 밤중에 홍두깨네!"

"홍두깨면, 요즘 사람들은 대부분 실제로 본 적이 없을 것 같은데, 카미나가는 어때?"

"본 적은 없지만 뭔지 알고, 그러는 스즈 씨도 나랑 같은 세대잖아!"

뭘까, 이 사람은! 알고는 있었지만, 정말 평범한 대화가 안 된다!

큰 소리 탓에 또다시 주변의 이목을 끌고 말아서, 나는 허둥지둥 목소리 톤을 낮췄다.

"그래서 할 얘기는?"

대충 예상이 되지만, 확실히 화제를 돌리지 않으면 알맹이 없는 잡담만 한없이 이어질 것 같다. 내 씁쓸한 목소리를 듣고 스즈 씨가 스스로 반성해줬으면 좋았을 텐데, 그런 일은 전혀 없었다.

"으음, 우선 카미나가의 가족 구성부터 물어봐도 될까?"

"응. 나는 그걸 듣고 싶어 하는 이유부터 듣고 싶어."

본론이 나올 줄 알았건만, 예상을 뛰어넘는 데에도 정도가 있다. 나는 카푸치노를 한 모금 마시고 설탕을 더 넣었다. 스즈 씨는 "으음" 하며 고민한다. 그래 봤자 이유 따위 없을 것이다. 어쩔 수 없이 내가 굽히기로 했다.

"가족 구성은 평범해. 부모님이랑 셋이 살고 형제는 없어."

"대학생이라고 했는데, 어느 대학교인지 물어봐도 돼?"

"케이세이 대학교."

이 역에서 버스로 10분 정도 가면 나오는 대학교라 스즈 씨도 그 이름은 익히 들었을 것이다. 그녀는 큰 눈을 조금 휘둥그레 뜨고⋯, 고개를 끄덕였다.

"그래⋯. 그렇구나. 응. 조금 알 것 같아."

"뭘 알았다는 건지는 모르겠지만, 고마워."

"그리고 어제 말한 '보이는 것'에 관해서 물어봐도 돼?"

"⋯응."

물 흐르듯 나온 질문에 나는 뒤늦게 고개를 끄덕였다.

구체적으로 언급하지 않고 '보이는 것'이라고만 말한 이유는 스즈 씨의 상식이 작용해서일 것이다. 이 사람은 이상한 데가 많지만, 사람으로서 기본적인 선을 벗어나지는 않는다. 이렇게 사람이 많은 곳에서 귀를 의심할 만한 말은 하지 않으려는 의도일 것이다.

그렇게 안심하며 카푸치노에 설탕을 넣는 나에게 스즈 씨는 말을 이었다.

"그건 얼마나 자주 보여? 적중률은 어때?"

궁금할 만한 내용이다. 나는 스즈 씨가 멀쩡한 사람다운 발언을 한 데에 내심 감격하며 대답했다.

"얼마나 자주인지는 나도 잘 모르겠어. 죽는 사람이 모두 보이는 건 아닌 것 같아. 만약 그랬다면 훨씬 많이 보였⋯을 것 같아."

'그들'이 그렇게 잔뜩 보였으면 견디기 힘들었을 텐데, 내 눈에 보이는 것은 기껏해야 3킬로미터 사방에 한 명 있을까 말까였다. 다만 인구 밀도가 높은 곳이면 그 나름대로 비율도 높아질 것 같다. 이 역이 있는 노선 주변이야 뭐, 뻔하다.

나는 무심결에 창 너머 새로운 역 건물을 보았다.

"적중률은…, 아마 100퍼센트일 거야. 적어도 내가 아는 한 예외는 없었어."

그 말을 입에 담은 나는 모래를 씹은 것처럼 씁쓸했다.

나는 '그들'과 얽히는 바람에 나이에 비해 사람의 죽음을 너무 많이 봤는지도 모른다. 죽음에 익숙해졌다는 사실 자체가 둔한 통증을 유발하는 것 같아서 살며시 눈을 감았다.

스즈 씨의 목소리만 닿는다.

"그건 카미나가 본 상황을 뒤집더라도 결국 다른 데서 똑같은 결과가 나온다는 뜻이야?"

"그렇게까지는 아닌 것 같아. 아니, 솔직히 내가 기억하는 한은 지금까지 그걸 뒤집는 데 성공한 적이 없었어. 아마 어제가 처음이었을 거고, 그래서 그 질문에는 답을 줄 수 없어."

사실 나도 그 부분이 신경 쓰여서 여기 오기 전에 어제 잠복했던 여고에 다시 갔었다.

결론부터 말하면, 그 여고생은 무사히 등교했고 횡단보도에 있던 그녀의 환영도 사라졌다. 하지만 그렇다고 해서 오늘도 무사할 것이라는 보장은 없었다. 헛된 희망을 주기 싫어서 스즈 씨에게는 말하지 않을 생각이다.

감정을 억누르고 내놓은 대답에, 뜻밖에도 스즈 씨는 활짝 웃었다.

"처음 성공한 거였어? 아싸!"

"…"

"아, 카미나가는 조심성이 많은 편이야? 근데 기쁠 때 기뻐하는 건 마음에 영양분이 돼! 우리는 어제 노력했고, 무사히 성공했잖아! 그러니까 '아싸!'지."

"으, 응."

"자, 기뻐해! 어서!"

"아, 아싸!"

"좀 더 웃으면서!"

"아싸-!"

"…손님, 죄송하지만, 조금 조용히 해주세요."

"죄송합니다…"

점원에게 혼나고 말았다. 하긴 그럴 만하다. 차를 마시러 와서 주먹을 치켜들고 큰 소리를 내는 손님이 있으면, 나라도 밖에 나가서 하라는 생각이 들 것이다.

둘이서 시무룩하게 기가 죽은 것도 잠시, 점원이 떠나자, 스즈 씨가 고개를 들었다.

"그럼, 카미나가."

"스즈 씨, 이 팬케이크 맛있게 생겼다."

"그러게. 엄청 맛있겠다…가 아니라!"

아, 또 큰 소리를 내고 말았다. 점원이 저쪽에서 못마땅한 표정으로 우리를 쳐다봤다. 하지만 스즈 씨도 역시 성인이라서 주의받기 전에 알아서 목소리 톤을 낮췄다. 그러고는 테이블 위로 몸을 내밀더니, 내 카푸치노를 마시려고 그러나 싶을 정도로 얼굴을 가까이 들이밀었다.

그리고 입을 열었다.

"그러면…, 사람을 좀 더 구할 수 있지 않을까?"

때 묻지 않은 목소리…. 하지만 악마의 속삭임이다.

나는 알고 있었는데도 순간 숨을 죽였다. 가능한 한 표정을 바꾸지 않으려고 애쓰며 고개를 저었다.

"…아니, 그건 좀."

"왜?!"

"왜는 무슨 왜. 어제는 우연히 잘 풀렸을 뿐이야. 원래는 뜻대로 풀리지도 않고, 결과는 차치하더라도 해나가는 과정에서 불쾌한 상황이나 위험한 상황을 엄청나게 맞닥뜨릴 거야. 내 눈에 보이는 그걸 나는 '환영'이나 '그들'이라고 부르는데, 그들과 얽히는 건 정말 추천하지 않아."

이건 실제 체험에 기반한 충고다. 어제도 자칫 잘못했으면 나나 스즈 씨가 차에 치었을지 모른다. 남의 죽음에 필요 이상으로 관여하려고 하니 그 정도 위험이 따르는 것은 당연하다.

"지금까지 성공한 기억이 없다는 이야기를 들으면 짐작이 되잖아? 사실 전부터 의심했지만, 어제 일로 확신했어. 내가 보는 '그들'에게는 내 행동이 이미 반영돼 있어."

"이미 반영돼 있다고?"

그것은 지금까지 내가 '그들'에 대해 내놓은 예상 중에서도 최악이었지만 어제 일로 확실해졌다. 그때 이후로 시간이 흐를

수록 계속 신경이 쓰였다.

고개를 갸웃하는 스즈 씨에게, 나는 최대한 평정심을 유지하며 설명했다.

"어제, 그 여고생이 버스에서 내렸잖아? 그런데 그 여고생이 버스를 탄 건 사실 내가 말을 걸었기 때문이었어. 한마디로 내가 없었으면, 그 여고생은 그 타이밍에 횡단보도에 없었을 거야."

"뭐? 그 말은…."

"응. 말하자면 내가 본 것 때문에 내가 아무리 고민하고 어떻게 움직여도 그건 이미 보인 미래에 포함돼 있어. 상대를 도우려고 내가 하는 행동도… 처음부터 전부 반영돼 있어."

예전부터 '내가 무엇을 하든 정해진 미래는 뒤집을 수 없을지도 모른다'고 어렴풋이 생각했다.

그런데 사태는 그보다 나쁘다. 내 행동이 이미 반영된 상태에서 미래가 보인다는 것은 내가 다가간 탓에 죽는 사람도 있다는 뜻이다.

그야말로 '내가 본 것 때문에 사람이 죽을 수도 있다'라는 말이다. 이건 막다른 골목이나 다름없다. 내가 도우려고 한 탓에 사람이 죽는다니, 고약한 데에도 정도가 있다.

스즈 씨는 그 말을 듣고 갈색빛이 도는 눈을 휘둥그레 떴다.

방금 한 설명을 이해한 걸까. 이해가 빠른 것은 고맙다. 나는 카푸치노 컵에 설탕을 넣었다.

"그러니까 어제 성공한 건 복권 당첨 같은 거야. 그게 우연히 첫 시도에 나왔을 뿐이고, 앞으로 천 번 실패한다고 생각하는 게 좋아. 생판 모르는 사람을 위해서 그렇게까지 하는 건 솔직히 현실적이지 않아. …정신적으로 힘들어."

이와 관련해서는 아무리 말해도 제대로 전달되지 않을지도 모른다.

정신적으로 받는 충격은 당사자로서 직접 겪어보지 않으면 모른다. 누가 들어도 이런 말을 하는 내가 무자비한 냉혈한이고, 스즈 씨 말이 옳다고 생각할 것이다.

하지만 허울 좋은 말이 통하지 않는 현실도 있다. 그런 것은 툭하면 누구에게나 보이는 명확한 벽이 아니라, 슬금슬금 마음을 갉아먹는 독으로 나타난다.

"나는 나랑 엮여서 다른 사람이 그렇게 괴로워지는 건 원하지 않아. 죄책감 때문이 아니라 그냥 뒷맛이 씁쓸한 괴로운 기분을 느끼고 싶지 않아서야."

지금은 기대와 야심에 찬 스즈 씨도, 몇 번이나 실패하면 결국 나나 자기 자신을 질책하고 싶어질 것이다. 그런 결말은 사양이다. 그보다도 스즈 씨에게는 조금 더 중요한 일이 있다.

다름 아닌…, 자신의 죽음을 피해야 하는 사명이.

내가 오늘 부름에 응한 것도 그게 목적이다.

나는 컵을 놓고 본론을 꺼냈다.

"스즈 씨는 차라리 자기 일에 신경 써주면 좋겠어. 우선 중요한 건 어제 나를 만난 그 벤치. 거기에는 절대 다가가지 마."

일단 그것만이라도 지키면 어떻게든 해결될지 모른다.

나는 고개를 들다가, 스즈 씨의 시선을 깨닫고 숨을 삼켰다.

물끄러미, 나를 똑바로 바라보는 눈.

거기에 떠오른 감정은 내가 모르는, 알 수 없는 것이었다.

내가 모르는 것을 아는 눈.

온화한 목소리가 나에게 닿았다.

"응…. 카미나가가 보는 세상은 지금까지 카미나가에게 다정하지 않았나 보구나."

살짝, 갈라진 틈을 어루만져주는 말.

사실을 얘기한 거지만, 너무 부드럽고 따뜻했다.

건조한 목구멍이 작게 울렸다. 그대로 아무 말도 하지 못하는 나에게 스즈 씨가 미소 지었다.

"근데 카미나가의 행동이 반영된 거면, 둘이서 움직였을 때 또 다른 결과가 나오는 거 아닐까? 그래서 어제도 성공한 것 같지 않아?"

"…너무 낙관적이야. 무엇보다 나는 남을 돕는 데 관심 없어."

"그래? 방금 한 얘기에서는 몇 번이고 다른 사람을 도우려고 도전했다고 하지 않았어?"

"…"

"네가 괴로웠으니까 나를 말리는 거지? 하지만 그건 시도해도 안 된다는 걸 알 수 있을 정도로 여러 번 노력했기 때문이

잖아. 남을 돕는 데 관심 없는 사람이 할 행동은 아니라고 생각
해."

나는 아무 말도 하지 않았다. 눈을 돌리고 싶어지는 광경도,
쏟아지는 고함도 떠올리지 않았다.

하얀 손가락이 테이블 위에서 깍지를 꼈다.

분홍빛 손톱은 얇은 조개껍데기 같아서 희미한 빛을 살며시
반사했다. 그 손톱만 바라보는 나에게 그녀가 말했다.

"그래서, 미안해."

"…왜 스즈 씨가 사과해?"

"내가 늦게 와서."

스즈 씨는 하얀 손가락을 풀어 손바닥을 테이블 위로 내밀었
다.

"카미나가, 이미 너무 늦었다고 생각할지도 모르지만, 내가
왔잖아. 너 혼자서는 할 수 없는 일도 괜찮아. 내가 있으니까."

진지한 말. 내민 손.

그건 모두 나를 향한 것이었다.

계속 똑같은 벤치의 끝에 앉아 있을 뿐이었던 그녀가, 내 눈
을 보고, 나를 위해 고른 말.

"그러니까 다시 한번 같이 도전해 보자."

올곧고 순수한 의지.

나와 세상을 연결하려는 손.

이것을 미련하다고 한다면, 진짜 어리석은 사람은 나다.

시야가 젖어 들고 가슴이 뜨거워졌다.

울 것 같은 감정을, 나는 얼굴을 찌푸리며 얼버무렸다. 마지 못해서라는 듯, 속으로는 망설이면서, 스즈 씨를 바라보았다.

"그럼 한 번만 더 말해두겠는데…, 우리는 분명 후회할 거야."

"알았어. 그때는 같이 후회하자."

"나는 싫은데."

"그럼 또 같이 기뻐할 수 있기를."

스즈 씨는 기도하듯 말하고는 웃었다.

투명한 그 웃는 얼굴 역시 나를 향해있었다. 항상 보던 조용한 옆얼굴과는 다른, 살아 있는 그녀의 표정. 나는 새삼 공원에 있는 그녀를 떠올렸다.

투명한 미래의 그녀.

이윽고 찾아올 죽음의 모습.

혼자서 '그들'의 운명을 바꿀 수 없다면, 둘이서 도전하는 수밖에 없다.

하지만 그건 다른 누구보다 먼저 스즈 씨 자신의 죽음을 뒤집기 위해서다.

나는 오래 고민한 끝에 그녀의 손 위에 내 손을 포갰다.

"어느 한쪽이 무너지면 그때는 그냥 끝낼 거야. 그럼 거기서부터는 서로 자기만 생각하는 거야."

"알았어."

서투른 내 손을, 스즈 씨는 꽉 잡았다.

그 손은 거짓말처럼 열기를 띠어서…, 눈물과 똑같은 온도라
고, 나는 생각했다.

5

내밀어진 손은 컸다. '그'는 내 눈을 보며 말했다.

『하긴, 힘든 경험 많이 했겠다.』

내 이야기에 마주 보는 눈. 그 한마디는 내 고충보다는 내가 입은 상처를 두고 하는 말이었다.

너무 깊이 파고들지 않는, 그저 살며시 닿을 뿐인 다정함.

당장은 아무 말도 하지 못하는 나에게 '그'는 웃는 얼굴을 보였다.

『그래도 그런 와중에 나한테 말 걸어줘서 고마워.』

『그건 그냥…. 어쩌다 보니 그런 거였어.』

『그럼 어쩌다 본 덕분에 살았네.』

그런 말을 농담처럼 하는 '그'가, 나는 이상하게 느껴졌다.

지금까지 나를 웃으며 대하는 사람이 없지는 않았다. 그래서 '그도 그런 사람인가 싶었다. 그러나 내민 손을 잡지 않는 나를, '그'는 신경 쓰는 기색도 없었다. 경계하며 팔짱을 낀 나를 보고, '그'는 쓴웃음을 지었다.

『그리고…, 이렇게 된 김에 나랑 같이 도전해 보지 않을래?』

그런 말을 하며 '그'는 내민 자신의 손을 재차 뻗었다.

『도전? 뭘?』

『나한테 해준 그런 일을 다른 사람들한테도.』

온화한, 하지만 조용한 결의가 느껴지는 음성.

무심코 숨을 삼킨 나에게 '그'는 이어서 말했다.

『해보자. …괜찮다니까. 널 혼자 두지 않을게.』

그런 말을 나는 계속 누군가에게 듣고 싶었나 보다.

하지만 그때는 아직 반신반의해서 '그'의 손을 잡지 않았었다.

다만 왠지 모르겠지만 둘이서 오코노미야키를 먹으러 갔다.

그렇게 나와 '그'는 함께 움직이면서 수많은 '그들'을 마주하다가….

그런 결말에 이르렀다.

환영으로 본 죽음을 뒤집겠다는 목적은 정해졌지만, 문제는 누구를 먼저 구할지였다.

나로서는 스즈 씨를 우선하고 싶었지만, 스즈 씨의 환영은 희미한 정도로 보아 아마 당분간 걱정하지 않아도 될 것 같았다.

스즈 씨는 테이블 쪽으로 몸을 기울였다.

"그래서 여기랑 제일 가까운 데서 보이는 건 누구야?"

"그렇게 고른다고⋯?"

"뭔가로 기준을 정해놓지 않으면 어렵잖아. 아, 아니면 가까운 시일에 일어날 것 같은 환영부터 하는 게 낫나?"

"가까운 시일이라⋯."

환영이 현실이 되기까지 얼마나 걸릴지는 '그들'의 농도에 따라서 알 수 있지만, 지금으로서 가장 짙게 보이는 것은 그 수예점 노부인이다.

"제일 시일이 가까운 환영은 막을 수 없으니까 다른 걸 고르자."

"막을 수 없다니, 왜?"

"아마 자연사일 테니까."

꺼내기 불편한 이야기지만, 어쨌거나 환영의 확실함을 알게 하려면 필요한 과정이다. 나는 아케이드 상가 거리에 있는 가게 이름을 대며 노부인에 관해 설명했다.

스즈 씨는 걱정스럽게 눈썹을 찌푸렸다.

"그 할머니, 내가 대학교 입학했을 때부터 항상 거기에 앉아 계셨어."

"잠들듯이 돌아가신다는 게 위로가 될지 모르겠지만, 적어도 괴로워 보이지는 않았어."

"응…."

어쩔 수 없다는 말이 매정하게 들릴지도 모르지만, 그래도 받아들여야만 하는 일이다. 점원이 와서 물을 따라준 것을 기점으로 나는 침통한 분위기를 깨고 화제를 돌렸다.

"아무튼, 그 할머니 말고는 전부 환영인 걸 바로 알 만큼 투명해. 투명도를 보면 어떤 게 시기가 가까운지 대충 알 수 있거든."

"그렇구나. 투명도가 낮아지는 건 다시 말해 현실에 가까워진다는 뜻이려나?"

"그런 것 같아. 지금 보이는 환영 중에는 극단적으로 옅은 것도 있고…."

그러고 보니 여대 근처 주택가에도 회사원으로 보이는 여자 환영이 하나 있었는데…, 흐릿한 것으로 보아 적어도 반년은 남은 것으로 보였다. 스케치북이 투명한 판으로 보일 정도라 그쪽을 막는 것은 꽤 나중 일이 될 것이다.

"그밖에 시일이 가까운 거라면…, 아, 맞다."

나는 창 너머로 역 건물을 힐끗 올려다보았다. 스즈 씨는 나를 따라서 역을 보았다.

"아, 설마 지하철 사고?"

"눈치가 빠르네."

"그야 이 노선에서 자주 일어나니까…."

스즈 씨가 크게 한숨을 쉰 이유는 평소에 통학하면서 그 사고들에 대해 종종 생각하기 때문일 것이다. 이 노선에서 인명 사고가 자주 일어난다는 건 도쿄에서는 잘 알려진 사실이었다. 그런 이유로 하겠다는 건 아니지만, 아무튼 사고를 막으면 모두가 편해진다.

다만 문제는….

"…미리 말해두겠는데, 이 케이스는 별로 추천하지 않아. 깊이 파고드는 건 금지고, 무리인 것 같으면 손을 떼겠다고 먼저 약속해 줘."

"응? 그렇게까지 말하는 이유가 있어?"

"단순해. 전철 사고는 리스크가 커. 왜, 어제만 해도 하마터면 휘말려서 사고가 날 뻔했잖아? 게다가 전철이면 사망률이 훌쩍 뛰지. 한 명을 구하려다가 셋이 죽으면 웃기지도 않잖아."

스즈 씨의 환영이 승강장에 나타나지 않았다고 해서 방심할 수는 없다. 스즈 씨의 말을 빌리자면, 내가 보는 세상은 나에게 다정하지 않으니까. 어떤 반전이 있을지 모르니 되도록 조심하는 게 좋다.

스즈 씨는 살짝 눈썹을 찌푸린 채 난감한 표정으로 생각에 잠기더니 잠시 후 고개를 끄덕였다.

"알았어…. 되게 복잡하네. 그래도 약속할게. 카미나가도 위험하다는 생각이 들면 바로 물러나."

"나는 원래 그렇게 하고 있었어…."

"내가 선봉이고, 카미나가는 후방 지원 느낌으로."

"누가 보면 전투라도 하는 줄 알겠네. 아무튼, 일단 현장으로 가보자."

계산을 마치고 우리는 가게를 나섰다. 점원은 소란을 피우는 이상한 손님이 나가서 안심하는 것 같았다. 나도 가게 안쪽에서 점원이 계속 걱정스럽게 이쪽을 보는 것이 신경 쓰였던 참이라 서로 잘된 일이었다. 아무래도 다시 이 카페에 오기는 틀린 것 같다.

내 몫은 내가 계산하겠다고 했지만, 스즈 씨가 "불러낸 사람은 나잖아!"라며 고집을 부리는 바람에 어쩔 수 없이 얻어먹게 되었다. 메모해 뒀다가 나중에 꼭 갚아야겠다.

역으로 향하던 중에 신호를 기다리는 동안 스즈 씨가 말했다.

"카미나가, 환영은 언제부터 보였어?"

"언제부터였을까…. 기억 속에 있는 난 이미 그들을 볼 수 있었어."

무엇이 계기였고 언제부터였는지는 기억나지 않는다. 내가 아는 한 '그들'은 항상 내 세상에 있었다. 그 현실과 지독하게 싸우고 타협해 왔다.

나는 눈을 감았다. 눈꺼풀 뒤에 문득, 쓰러져있는 뒷모습을 담은 영상이 스쳤다.

하지만 그 흐릿한 흑백 영상은 금방 뿌예지더니 사라져 버렸다.

가끔 꾸는 꿈과 똑같은 영상. 자세한 내용은 떠오르지 않지만, 아마 그 묻지마 연쇄 살인 사건이 일어났을 때일 것이다.

그렇게 생각하는 이유는 언뜻 스쳐 지나가는 뒷모습이 항상 똑같은 아이의 뒷모습이기 때문이다.

쓰러져서 움직이지 않는, 구하지 못한 피해자 중 한 사람. 떠올리려고 하자, 쓰디쓴 절망이 가슴속에 퍼졌다. 자연스레 숨이 얕아지고 눈앞이 아찔하며 흔들리는 것을 나는 허둥지둥 막았다.

잊어버린 과거를 너무 들여다보면 안 된다. 작은 것 하나하나에 사로잡히면 두 번 다시 걸음을 뗄 수 없게 된다. 매정한 것은 알지만, 지금의 나에게는 이것이 최선이다.

신호가 바뀌고 인파가 움직였다.

인파에 휩쓸려 걸음을 뗀 나에게 스즈 씨가 물었다.

"그럼…, 지금까지 나 말고 '같이 어떻게든 해보자'고 말해준 사람은?"

"스즈 씨 말고?"

나는 구멍투성이인 기억을 더듬었다. 의도적으로 기억하지 않는 것이 많다고 해도, 모든 것을 완전히 잊지는 않았다. 나는 남은 기억의 파편을 돌이켜 보았다.

"글쎄. 어릴 때부터 대체로 혼자였어. …이런 얘기, 보통은 아무도 안 믿지."

"그런가?"

"그래."

당신은 죽는다는 말을 들은 사람도, 친한 사람이 죽는다는 말을 들은 사람도, 다들 대체로 비슷한 반응이다. 결국 사람은 부당한 죽음을 보고 싶어 하지 않는다. 마지막까지 외면하고 싶은 그 마음도 이해하고, 나도 가능하면 이런 건 보고 싶지 않다.

다만, 짚이는 데가 있다면….

"그러고 보니…, 한 명 있었…던 것 같아."

"어떤 사람?"

"어떤 사람이었냐고? 어땠더라…."

누군가에게 그런 질문을 받은 적은 처음인 것 같다.

과거를 너무 돌아보면 안 된다고 방금 생각했건만, 나는 기억을 더듬었다. 스즈 씨의 질문이 무척 자연스러웠기 때문일 수도 있고, 그것 때문만이 아닐 수도 있다.

그리운 감정이 문득 가슴속을 스쳤다.

나는 스즈 씨의 얼굴을 다시 보았다. 그녀의 얼굴에 다른 누군가의 얼굴이 희미하게 겹쳐 보였다.

"아마… 어른이었을 거야…. 바보같이 사람이 좋고…, 재미있고…."

나는 흐릿한 기억을 뒤졌다.

그 순간 떠오르는 것은 틀림없는 온기였다.

사라진 기억 속에서 천천히 사람의 윤곽이 드러났다.

아마 나는 '그'와… 아아, '그'다. 그래, 나는 '그'와 사이가 좋았다.

평범한 친구처럼 함께 지내던 시간이 있었…던 것 같다. 함께 환영을 해결하러 뛰어다니던 것도…, 하나를 계기로 몇 가지 기억이 흔들린다.

하지만 결국은….

욱신, 하고 머리가 아프다.

"…으."

그리움에 정신을 빼앗긴 내 안에서 순식간에 '그'의 윤곽이 흐릿해진다.

그리고…, 그 대신 퍼져 나가는 것은 짙은 안개 같은 불안과 후회다.

나는 왠지 떨릴 것만 같은 손가락으로 미간을 눌렀다.

"안 되겠어. 역시 기억이 잘 안 나."

"오래돼서 잊어버렸어?"

"오래돼서라기보다, 사실 내 기억에는 여기저기 결함이 있어. 왜, 트라우마 때문에 부분 기억 상실에 걸렸다는 얘기 자주 들잖아. 그런 느낌이야."

"아아…."

스즈 씨의 표정이 마음을 쓰는 듯한 느낌으로 변했다. 하지만 나는 "걱정하지 마"라고 덧붙였다.

그렇다. 과거의 일을 잊어버린 덕분에 나는 지금 평온하게 있을 수 있다.

그래서 '그'에 대해서도, 함께 지냈으리라는 사실은 알아도 그것이 얼마나 옛날 일인지, 어떤 식으로 놀았는지, 더듬어 보려고 해도 부자연스러울 정도로 뿌옇다. 그래서 그 추억은 분명치 않은 혼탁함 속에 있다. 이런저런 일이 있던 시기라서 그럴 것이다. 생각할수록 불안함만 되살아난다.

나는 기억해 낸 인상만을 설명했다.

"…그 사람은… 아마도 싹싹한 사람이었을 거야. 터무니없는 내 이야기를 믿어줘서 자주 함께 분주하게 뛰어다녔고…"

떠오른 기억의 파편 하나는 어느 역 앞이었다. 그 안을 둘이서 바삐 돌아다닌 적도 있었다. 그렇게 필사적으로 달려서 우리는 대체 누구의 죽음을 막으려고 했을까.

"미안해. 이런 느낌으로 기억이 상당히 흐릿해…"

"아니야… 고마워."

스즈 씨는 기분 탓인지 쓸쓸하면서도 기쁘게 미소 지었다.

다정한 그 미소는 무척이나 투명해 보였다. 다만 그녀는 그 이상 파고들지 않았다. 아마 "지금까지 성공한 기억이 없다"는 말을 들은 탓이리라.

나는 마음을 다잡으며 평정을 찾으려고 애썼다.

"뭐, 이제는 연락도 안 되지만. …그런 걸 보면 아마 실패를 계기로 소원해진 것 같아."

"그래?"

"응. 그 부분이 기억나지 않아서 추측이지만."

'그'를 떠올리려고 하면, 그리움과 동시에 씻을 수 없는 후회가 밀려왔다. 그러니 아마 이 상상이 맞을 것이다. 실제로 나는 그 계기로 짐작되는 사건을 하나 안다.

"사실 내가 관여한 일 중에 묻지마 연쇄 살인 사건이 있어."

"그건…."

"어떤 사건이었는지는 거의 잊어버렸지만. 현장에 있었다는 건 확실해. 그런데…, 솔직히 무서워서 사건을 자세히 알아보지는 않았어."

경찰이 도착했을 때 나는 부상은 없었지만 옷과 손이 모두 피투성이였다고 한다. 시간이 어느 정도 지나서 기억이 사라진 뒤에 엄마에게 들은 이야기인데, 그걸 듣고 나니 그 당시 일을 조사하기가 무서워졌다.

나는 그때 전혀 다치지 않았다. 그럼, 그 피는 대체 누구의 피였을까…. 짐작이 가는 만큼 사실을 마주할 용기가 없었다.

"자세히는 모르지만, 그 사건으로 초등학생 남자아이가 한 명 죽은 건 맞아. …요즘도 가끔 그 광경이 꿈에 나오니까."

아스팔트 위에 쓰러진 작은 뒷모습.

나는 그것을 그저 멀뚱히 서서 내려다본다. 구하지 못한 결말에, 얼어붙어서 절망한다.

그래서 꿈은 항상 거기서 끝난다. 나는 땀이 밴 손을 꽉 쥐었다.

"묻지마 연쇄 살인이라고 불리는 걸 보면, 그 밖에도 피해자가 있었겠지. 지금이라도 찾아보면 당시 신문 기사가 나올 거야. …아마도."

큰 사건인 만큼 기억의 무게도 엄청날 것이다. 기억해 내지 않는 게 낫다고 마음속에서 경고가 울렸다. 또다시 호흡이 얕아진다.

나는 기억의 결함에서 의식을 떨쳐 버리고 고개를 들었다.

"그게 지금까지 중에 가장 큰 실패야. 내 생활도 그 사건으로 완전히 변했으니까. 그 사람과 연락이 닿지 않게 된 것도 역시 그게 원인일 것 같아."

'그'는 좋은 사람이었을 것이다. 이렇게 터무니없는 이야기를 믿고 함께해줬으니까. '그'와 어떤 이야기를 나눴는지는 기억나지 않지만, 즐거운 순간이 있었다는 것은 어렴풋이 떠오른다. 그 온기에 울고 싶어질 정도로.

그래서 그런 '그'를 더는 만나지 않게 되었다는 사실이 쓰디쓴 후회를 낳는다.

"…내 잘못이지. 끔찍한 결과를 보게 했으니."

죽음에 익숙한 나조차도 이런 꼴이다. 선의로 손을 빌려준 '그'에게 그 결말이 얼마나 큰 상처였을까. 애초에 어떻게 지금까지 '그'를 잊고 있었을까… 솔직히 내가 어떻게 된 건가 싶다.

나는 저절로 가슴에 퍼지는 무거움에 쓴웃음을 지으려 했지만 얼굴 근육이 굳어버렸다. 고개를 푹 숙이려는데, 옆에서 온화한 목소리가 들려왔다.

"…그렇지 않아."

"스즈 씨?"

고개를 들자, 그녀의 옆얼굴이 눈에 들어왔다.

어쩐지 애절한 미소. 그 표정은 확실히 벤치에 앉은 그녀와 똑같다.

스즈 씨는 언뜻 슬퍼 보이는 눈을 잠깐 감았다가 산뜻하게 웃었다. 갈색 눈동자가 고양이처럼 가늘어졌다.

"그 사람은 분명 카미나가 함께 노력하고 싶어서 한 걸 거야. 그러니까 결과가 어찌 됐든 자기가 한 일을 후회하지 않을 거야."

"…그럴까?"

"그렇고말고."

…그랬으면, 좋겠다.

내가 그렇게 생각할 자격이 있는지 모르겠지만, 조금은 마음이 가벼워졌다. 새어 나오려는 눈물을 참으며 하늘을 올려다보았다.

주변을 둘러싼 소란스러움이 멀게 느껴지는 공기. 천천히 흐르는 시간에 마음이 차분해졌다.

우리는 역으로 들어가서 계단을 올랐다. 스즈 씨는 정기권으로, 나는 IC카드로 개찰구 안에 들어갔다.

혼잡한 아침 시간대가 끝나서 그런지 역사 안에는 사람이 적었다. 나는 앞쪽을 가리켰다.

"환영은 저쪽 계단에 있어."

"어떤 사람이야?"

"회사원이야. 지각인지 필사적으로 계단을 올라가. …여기서 보이는 건 거기까지야."

"승강장으로 나가서 무사히 전철을 탔다던가…?"

"전철을 무사히 탔다고 해도 탄 직후에 죽겠지."

"현실은 잔혹하구나…."

"그렇지."

죽지 않는다면, 애초에 '그들'의 모습은 나타나지 않는다. 나는 반투명한 회사원이 뛰어간 곳을 따라서 계단을 올라갔다. 손목시계 초침을 보면서 서두르지 않고 천천히 계단을 하나하나 밟았다.

정장 차림의 형상이 보이지 않게 된 지 30초를 조금 지났을 즈음, 개찰구 쪽에 다시 회사원 환영이 나타났다.

뒤돌아보며 그 모습을 확인하는 나를 향해, 아무것도 보이지 않는 스즈 씨가 고개를 갸웃한다.

"왜 그래, 카미나가?"

"아니, 시간을 쟀어. 그 사람은 승강장으로 나가서 대충 30초 안에 죽어."

"짧네."

"하지만 그럴 만해. 급하게 계단을 올라갔다는 건 전철이 곧 도착한다는 뜻이잖아. 아마, 30초도 안 지나서 들어온 전철에 쾅."

"쾅…."

"아무튼 일단 확인해 볼게."

사실 전철 사고는 자동차 사고보다 더 보기 싫었지만, 그렇게 말할 수는 없었다. 승강장까지는 몇 계단만 남았다. 나는 회사원의 환영에 추월당하면서 심호흡을 했다. 떨리는 손을 꼭 쥐려고 하는데, 그 손을 스즈 씨가 잡았다.

놀라서 돌아보니, 그녀는 걱정스러운 눈으로 나를 보고 있었다.

"무리하게 확인하지 말고, 그냥 이 계단에서 잠복하면 되지 않을까?"

스즈 씨의 표정이 불안해 보이는 이유는 나를 걱정해서다. 환영을 의심하는 기색은 전혀 없었다. 정말이지 미련할 만큼 호인이다.

나는 맥이 풀려서…, 어깨로 숨을 쉬었다.

"괜찮아. 이런 일은 자주 있잖아. 이 노선 근처에 살아서 익숙해."

"아무리 그래도…. 어느 역 쪽에 사는데?"

"나카노."

"아, 나는 오쿠보. 욕실이랑 화장실은 공용인 4만 엔짜리 공동 주택."

"여대생치고는 수수하네…. 조금 더 치안 좋은 곳도 괜찮을 텐데."

"그래도 정취가 있어서 좋아. 삐걱거리는 계단이나 마룻바닥처럼."

"그건 그냥 노후화된 거잖아."

스즈 씨와 대화하면, 어마어마한 기세로 옆길로 샌다. 힘이 빠지고, 뭐, 평온해진다.

나는 조금 가벼워진 걸음으로 마지막 다섯 계단을 올랐다.

그리고…, 하필 그때 휘청거리다가 승강장에서 떨어지는 그를 봤다.

나는 그 이후의 광경을 피해 반사적으로 눈을 감았다.

"으…"

"카미나가."

"…괜찮아."

나는 어금니를 물며 충격을 흘려 넘겼다.

그가 갈기갈기 찢어져 흩어지는 그 순간을 봤는지 못 봤는지 나 자신도 모르겠다.

아무튼 내 몸은 처참한 광경을 목격했을 때와 똑같이 반응했다. 이것이 인간의 상상력이라면, 정말 좋게도 나쁘게도 작용하는 힘인 것 같다.

온몸의 모공이 열리고 식은땀이 나는 게 느껴졌다. 나는 깊이 숨을 쉬며 이마에 맺힌 땀을 닦고 나서 스즈 씨에게 말했다.

"역시 전철 사고야. 선로에 떨어졌어. 심장 발작 같은 걸로 쓰러진 거였으면 우리가 할 수 있는 게 없었을 텐데."

"언제쯤 일어날 일인지 알아?"

"지금까지 경험으로 말하면 일주일. 근데 솔직히 개인차가 있어서 확실하지 않아."

"개인차가 있구나."

"응. 투명한 상태에서 실체에 가까워지는 속도가 달라. 그 차이가 어디서 나오는지는 모르지만."

수예점 노부인처럼 일정한 속도로 짙어지는 사람이 대부분이지만, 그 속도도 사람마다 다르다. 나이나 성별에 따라서 다른 것 같지는 않은데, 제대로 통계를 내보지는 않아서 모르겠다.

"죽기 몇 초 전부터 하는 행동이 보이는 건지도 일정하지 않아. 이건 그냥 추측이지만, 움직임이 격렬한 사람일수록 행동이 반복되는 속도가 빠른 것 같아. 죽기 직전부터 보였다가 금방 죽고 다시 처음부터 반복되는 느낌이야."

"아아…, 혹시 환영에 기록 용량의 한계 같은 게 있나? 움직임이 많으면 길게 저장되지 않고, 반대로 움직임이 적으면 길게 저장되는 거지."

"글쎄. 재미있는 가설이기는 하네."

나는 사람이 적은 승강장을 둘러보았다.

다른 누군가가 있었으면 우리를 수상하게 봤을 테지만, 다행히 지금은 벤치에 앉은 중년 여자밖에 없다. 그 여자도 고개를 푹 숙이고 자기 무릎만 보는 듯했다.

나는 승강장을 등지고 계단을 내려다보았다. 마침 뛰어 올라오는 회사원 환영이 옆을 스쳐 지나갔다. 그는 자신의 손목시계를 보면서 승강장으로 나왔다.

그 뒤를, 나는 보지 않았다.

스즈 씨가 내 얼굴을 들여다보았다.

"일단 어디 앉아서 작전 회의를 하자."

"그건 좋은데, 스즈 씨 수업은?"

"오늘은 오후부터야. 카미나가는 일정 어떻게 돼?"

"나는 학교 안 가. …등교 거부 중이야."

아. 경솔하게 질문을 던지면 나에게 똑같이 돌아오는구나. 이건 조금 불편하다. 다음부터 조심해야겠다. 스즈 씨는 무언가 하고 싶은 말이 있는 듯 나를 보았다.

"근데 카미나가는 공부를 꽤 좋아할 것 같아. 박식한 느낌이나."

"그래? 평범한데."

내 방에 틀어박혀 있을 때는 할 일이 없어서 인터넷을 보거나 책을 읽지만, 박식하다는 말을 들을 정도는 아닌… 것 같다.

계단을 내려가자, 스즈 씨는 손뼉을 짝 쳤다.

"그럼 아까 그 카페로 돌아갈까?"

"그 선택지만은 안 돼."

"응? 왜? 카푸치노가 맛없었어?"

"아니 맛은 있었는데…, 점원이 눈치 주는 것도 모르다니 너무 둔한 거 아니야?"

스즈 씨는 정말 재미있어서 가능하면 멀리서 관찰하고 싶은 스타일이었다. 하지만 지금은 바로 옆에 있으니 어쩔 수 없다.

나는 스즈 씨를 재촉하며 조금 전과는 반대쪽에 있는 개찰구를 지나 밖으로 나갔다.

마지막에 한 번 더 계단을 뒤돌아보니, 투명한 회사원은 아직 필사적으로 계단을 오르는 중이었다.

스즈 씨는 카페에 들어가자고 끈질기게 제안했지만, 조금 전과 똑같은 일을 겪는 것은 사양이다. 결국 그녀는 오후부터 강의가 있기도 해서 우리는 산책할 겸 항상 가던 공원으로 갔다. 혹시 모르니 스즈 씨의 환영이 있는 그 벤치에는 다가가지 않도록 거듭 못을 박고, 입구 근처에 있는 벤치에 앉았다. 여기라면 스즈 씨가 다니는 여대에도 금방 갈 수 있다.

자판기에서 음료수를 뽑아온 우리는 작전 회의를 이어 갔다.

"전철 사고가 큰일이기는 해도, 그 사람이 달리는 경로를 아니까, 그걸 막으면 될… 것 같은데."

"왜 말끝이 흐려져, 카미나가?"

"나 혼자 하면 성공률이 0퍼센트니까. 나 혼자 막을 수 있는 사건은 기본적으로 없다고 생각해. 뭔가 그런 암묵적인 규칙이 있는 것 같아."

"너무 확신하는 것 같지만…. 그런 생각이 들 만하긴 하지."

스즈 씨는 그렇게 말하면서 옥수수수프 음료에 든 옥수수를 이쑤시개로 꺼냈다. 이쑤시개는 어디서 났을까. 정말 정체를 알 수 없는 사람이다. 그렇게 생각하는데, "옥수수수프 캔 음료를 좋아해서 항상 이쑤시개를 들고 다녀"라는 말이 돌아왔다. 독심술을 쓸 줄 아나? 아무튼 역시 엄청 특이한 사람이다.

스즈 씨는 옥수수를 한 알 먹고 나를 보았다.

"카미나가가 괜찮으면 답을 듣고 싶은데, 전에도 비슷한 패턴이 있었어?"

"있었어. 전철 사고. 하지만 그때는 자살이라 설득에 실패해서 잘 안됐어."

"아아…. 그랬구나."

돕고 싶어도 본인이 죽고 싶어 하면 난이도가 훌쩍 뛴다. 아무래도 그 자리에서 당장 해결될 문제가 아니니 처음 본 사람에게 이러쿵저러쿵할 수도 없다. 억지로 막아봤자 다른 방법으로 자살하면 끝이다.

내가 기억하기로는, 실패한 것의 절반 정도는 그런 쪽이었다.

"아무래도 누가 죽으려고 하는 현장에 갑자기 나타나서 해결하기는 어려워. 그런 사람은 이미 이야기를 들을 기력도 없는 상태니까. 그렇다고 사고로 죽는 사람이 이야기를 들어주는 것도 아니지만."

"그러니까 결국 관건은 완력이라는 건가…."

"어떤 의미에서는 맞지만, 가능하면 우리가 경찰에 잡히는 일은 없었으면 좋겠어. 그러면 끝이니까."

사람의 목숨은 실로 귀하지만, 균형 감각을 지키는 것도 중요하다. 가장 이상적인 결말은 우리가 사회적으로 구속되지 않고 계속해서 사람의 목숨을 구하는 것이다.

"아무튼 일단 말해두자면, 나도 예전에 내가 견뎌야 할 리스크를 신경 쓰지 않고 움직인 적이 있어. 하지만 그것도 역시 환영에 포함돼 있었어. 정확히 말하면, 내가 방해를 받았어."

"방해?"

"환영에서 본 대로 걸어가는 걸 막으려고 하면, 다른 사람이 나를 불러 세웠어. 대단치도 않은 용건이었지만, 그 사이에 그 사람은 사라져 버렸어."

"그럼 나도 그런 방해를 받을 수 있다고 생각하는 게 좋겠네."

"뭐가 어떻게 예상을 벗어날지는 모르지만."

한 박자 늦게 내는 가위바위보처럼 반드시 이기는 상황과는 다르다. 오히려 환영이 당사자의 모습만 보여주니까, 우리가 역으로 늦게 내기를 당하는 기분이다.

하지만 만약 이것이 환영을 보는 나에게만 해당하는 것이라면, 스즈 씨의 존재는 좋은 돌파구일지도 모른다.

"본 경기는 한 번뿐이니까 사실은 당사자를 미리 특정해서 잠복하고 싶어."

"아, 나도 똑같은 생각을 했어. 카미나가, 염사(머리에 떠오른 이미지를 사진으로 찍어내는 초능력 - 옮긴이) 같은 거 가능해?"

"나는 초능력자가 아니야."

그렇게 말하기는 했지만, 환영도 초능력의 일종인가…. 오히려 저주 같다고 생각하는데, 흠…. 아무튼 염사는 못 한다.

"일단 아직은 시간이 있을 것 같으니까 내가 출퇴근 시간에 개찰구에서 잠복할게. 그러다가 찾으면 몰래 사진을 찍어 올게."

"힘들지 않겠어? 왜, 초상화를 그리는 방법도 있잖아."

"아니. 내 그림에는 기대하지 말아줘."

그러지 않아도 반쯤 투명한 상태라 생김새를 알기 힘든데 초상화를 그리라니, 장벽이 너무 높다.

스즈 씨는 불만과 걱정 사이 어디쯤인 표정으로 나를 쳐다보았다.

"그래도. 카미나가 혼자서 잠복하는 건 좀…."

"나한테 절대 잠복을 시키지 말자 운동 같은 거 해? 괜찮아. 할 수 있어."

"그래애? 정마알?"

"말끝 늘이지 마. 열 받아."

"미안해."

스즈 씨가 걱정하는 것은 그렇다 치고, 사전 잠복은 필수다. 나는 점점 식어 가는 카페오레 캔을 쥐었다.

"미리 잠복해 두지 않으면 피해자의 행동 패턴을 파악할 수 없어. 극단적인 예로, 이 역을 출퇴근할 때 이용하지 않을 가능성도 있어."

"아아…, 그렇구나."

뛰어가다가 난 전철 사고라는 선입견 때문에 스즈 씨는 의심도 해보지 않은 것 같은데, 출퇴근 시간대에 일어난 사고라고 확신할 수는 없다. 반대로 출퇴근 시간대에 일어난 사건이라면, 대강 시간을 알 수 있다. 환영은 개찰구를 빠져나가서부터 보이기 시작하지만, 그 전에 하는 습관 같은 행동을 알 수 있다면 죽음을 막기 쉬워질 것이다.

스즈 씨는 짝 하고 손뼉을 쳤다.

"그래도 현장이 어딘지 아니까 거기에 덫을 놓으면 어때? 왜, 그 주변 벤치에 미리 그물을 설치한다든지."

"응. 발상 자체는 높이 사지만, 역 승강장에 그물은 안 돼. 우선 벤치에 뭔가를 설치하면 욕을 먹든지 철거되든지 할 테고, 선로로 떨어지는 걸 그물로 막을 수 있을지도 미묘해."

"그런가?"

어디까지 진심으로 하는 말인지 모르겠다. 설치식 덫이라는 발상은 재미있지만, 여기서는 도저히 무리다. 나중에 아무것도 없는 들판에서 환영을 봤을 때 써봐야겠다. 그럴 기회는 평생 없을 것 같지만.

스즈 씨는 마음을 다잡은 듯 새로운 제안을 했다.

"그럼 피해자를 특정하는 거랑 행동 패턴을 알아내는 게 제일 급한 과제네!"

"피해자라고 하지 마. 아직 죽지 않았어."

스즈 씨는 "반성"이라고 말하며 고개를 푹 떨구었지만, 그 모습이 그냥 강아지가 엎드린 것처럼 보였다. 그 이후 우리는 회사원의 죽음을 방해하기 위해서 몇 가지 상의를 했다.

중간부터 메모를 하던 스즈 씨는 이야기가 끝나자 기지개를 켰다.

"좋아! 그럼 강의를 들으러 가볼까! 카미나가, 예정대로 진행하다가 무슨 일 있으면 메시지 보내."

"오케이. 내 몫까지 학교 열심히 다녀."

"아, 뭣하면 카미나가도 같이 수업 갈래? 뒤쪽에서 책상 밑에 숨으면 아마 안 들킬 텐데."

"안 가! 스즈 씨는 저쪽 여대 다니잖아! 책상 밑에 숨는 게 문제가 아니라… 당연히 들키지!"

"다들 못 본 척해줄 텐데."

"보통은 신고할걸. 그리고 그럴 바에야 차라리 내가 다니는 대학에 갈게."

내가 다니는 대학교에 가봤자, 등교하지 않던 학생이 갑자기 강의에 나타났으니 쓸데없이 눈에 띌 것이다. 하지만 여대에 침입하는 것보다는 훨씬 낫다.

그런데 스즈 씨는 그렇게 말하는 나를 보며 눈을 동그랗게 떴다.

"카미나가…, 학교에 갈 거야?"

"안 가."

"그, 그래. 그럼 다행이고."

"다행이라고…?"

등교하지 않아서 다행이라는 이야기를 듣는 것도 뭔가…, 뭐, 됐다. 학교에 가라고 들볶이는 것보다는 훨씬 낫다. 내 사생활까지 파고들려고 한다면 역시 귀찮을 것이다. 스즈 씨는 나와 나란히 걸으면서 말했다.

"아, 그래. 카미나가, 다음에 호적등본 보여줘."

"무슨 소리야?"

엄청 파고들잖아! 대체 뭐야! 이해가 안 되네!

경악하며 거부하는 나에게 스즈 씨는 의외라는 듯 고개를 갸우뚱했다.

"응? 원래 친해지면 호적등본 보여주는 거잖아?"

"아니거든! 그건 어느 동네 규칙이야? 친해지면 결혼이라도 할 셈이야?"

"아, 그럼 결혼을 전제로―"

"안 해. 안 합니다. 절대로."

사람 머리에서 빠진 나사는 어디에 가면 살 수 있을까. 스즈 씨를 위해서 대량으로 사놓고 싶다.

내 이어지는 거부에 스즈 씨는 팔짱을 끼고 "으음" 하며 고민하다가 공원을 나가서 바로 나오는 갈림길에서 손을 흔들었다.

"그럼 나는 이쪽. 샛길로 가려고."

"샛길…?"

"울타리를 뛰어넘을 거야."

"자중해, 여대생."

그러다가 동네 사람이 보면 대학교 평판이 떨어질 것이다. 하지만 스즈 씨는 "괜찮아, 괜찮아. 나 잘해" 하며 걱정 요소만 더 늘어나는 소리를 했다.

"카미나가는 혼자서 잘 갈 수 있어?"

"스즈 씨는 대체 나를 몇 살로 생각하는 거야…?"

"나보다는 어리게."

"같은 학년이잖아. 혹시 스즈 씨, 유급했어?"

나는 역 쪽으로 이어지는 길에 들어서며 의욕 없이 손을 흔들었다.

"그럼 다음에 보자."

"다음에 봐, 카미나가."

등에 던져진 말이 부드러워서, 나는 뒤늦게 뒤돌아보았다.

누군가와 앞일을 약속하는 것. …오랜만에 느끼는 그 따스함이 무척이나 간지러웠다.

역으로 돌아간 나는 이번에도 IC카드를 찍고 안에 들어갔다.

이 IC카드는 편리하지만 정기권과 달리 같은 역을 들어왔다 나갔다 하기가 귀찮다. 나갈 때는 역무원이 일일이 처리해 줘야 한다.

하지만 나는 출퇴근 정기권을 살 만큼 학교에 다니지 않는다. 아니, 학교에 전혀 가지 않으니 어쩔 수 없다.

변함없이 승강장에 계속해서 뛰어 올라가는 회사원 환영을 보면서 나는 그 뒤를 쫓아 계단을 올라갔다. 이번에는 그의 일거수일투족에 주목했다.

환영은 죽는 사람 말고는 아무것도 보여주지 않는다.

보이지 않지만, 그 사람의 움직임으로 주변 상황을 알 수 있을 때도 있다. 회사원은 왼쪽 손목에 찬 손목시계를 언뜻 보았다.

계단을 올라가면서 오른손을 앞으로 들고…, 그는 가볍게 비틀거렸다.

하지만 속도는 떨어지지 않는다.

그는 약간 왼쪽으로 피하듯 하며 마지막 계단을 뛰어 올라갔다. 승강장 전광판을 올려다보았다.

그리고 그 모습은 승강장으로 사라졌다.

"붐비는 시간일 가능성은 적으…려나?"

그렇게 거칠게 계단을 오르는 것치고 사람을 피하는 동작이 적다.

물론 사람이 우르르 빠져나간 직후일 수도 있지만, 개찰구에
서 일직선으로 달려오는 모습을 봐도 한창 붐빌 시간대였으면
그런 움직임은 불가능했을 것이다.

그러나 예상 시간을 추려냈다고 하기는 어렵다. 기껏해야 양
동이에 가득 찬 물속에서 페트병 뚜껑 하나만큼 물을 퍼낸 수
준이다.

"시간을 더 좁힐 수 있으면 좋을 텐데…"

반복해서 개찰구에서 달려오는 환영이 내 바로 옆을 지나간
다. 빛깔이 어제 본 것보다 약간 진해졌다. 이것이 완전히 색을
띠기까지가 저 사람 목숨의 기한이다.

회사원 환영은 또 정해진 동작으로 왼손에 찬 손목시계를 확
인한다.

그 모습을 보고 나는 깨달았다.

"…그렇구나."

환영에는 죽는 당사자 말고 다른 것은 보이지 않지만, 그 사
람이 알몸으로 나타나지는 않는다. 그 사람의 옷이나 물건은
확실히 보인다. 다시 말해 그가 찬 손목시계를 보면 시간을 특
정할 수 있다는 뜻이다.

"좋았어!"

오른손을 쥐고 위로 작게 치켜드는 내 뒷모습을 여대생 두 명
이 보고 키득거리며 지나갔다. …제기랄, 뒤에 있는지 몰랐다.
창피하다.

하지만 지금은 그보다 환영이 중요하다. 나는 계단의 단을 맞

쳐서 뛰어오는 환영을 기다렸다.

정장에 숨겨진 왼쪽 손목에 주목하며 시계가 올라오기를 기다렸다가….

"실패인가."

그것이 손목시계임은 알겠다. 그런데 디지털인지 아날로그인지까지는 구별이 되지 않는다. 가장 먼저 명확해지는 것은 윤곽이고, 표면 위는 나중에 뚜렷해진다. 그래서 이 회사원의 정장도 어쩌면 내일쯤에는 희미하게 표범 무늬를 띨지도 모른다.

나는 손목시계를 단념하고 이번에는 작은 메모지를 꺼냈다. 스마트폰 스톱워치를 보며 환영의 행동을 세세하게 적었다.

"개찰구에서 계단까지 7초. 계단을 올라서 시계를 보기까지 5초. 승강장으로 나가기까지 또 5초. …거기서부터 다시 개찰구에 나타나기까지 32초."

전에도 몇 번 계측한 적이 있는데, 환영이 죽음을 맞아서 다시 나타나기까지는 대체로 10초에서 15초가 걸린다. 그 사실을 고려하면, 그가 승강장으로 나가서 죽기까지는 최대 30초가 나오지만, 실제로는 훨씬 짧을 것이다.

아마 승강장으로 나가서 20초 전후.

그때가 그를 막을 마지막 기회다.

나는 몇 번이나 계단을 오르는 환영에 변화가 없음을 확인하고 승강장으로 올라가서 때마침 도착한 전철을 탔다.

그런 식으로 이틀날 아침부터 사흘간 비슷하게 사전 조사를 한 나는 결론을 대강 정리해서 스즈 씨에게 메시지를 보냈다.

6

커튼 너머로 비쳐 드는 햇살에 방이 어렴풋이 밝아졌다.

나는 작은 알람 소리에 눈을 떴다. 침대에 누운 채 바로 옆에 있는 책상에 손을 뻗었다. 거기에 놓인 알람 시계 대용 스마트폰을 잡으려고 하다가….

"아, 이런."

손으로 아무렇게나 더듬다가 스마트폰을 떨어뜨리고 말았다. 나는 느릿느릿 일어나서 바닥을 내려다보았다. 하지만 스마트폰은 보이지 않았다. 책상 밑으로 들어갔나…. 하는 수 없이 침대에서 내려가 쪼그려 앉아서 책상과 바닥 틈에 손을 넣었다. 손가락 끝에 종이 몇 장이 닿았다.

끄집어내 보니 그것은 초등학교 때 받은 인쇄물이었다. 몇 년이나 대청소하지 않은 방이라서 그런 것도 남아 있나 보다. '수업 참관 통지'라고 적힌 종이. 틀림없이 부모님에게 보여주지 않았을 것이다. 나는 인쇄물을 접고 다시 책상 밑으로 손을 뻗었다.

그 손끝에 딱딱한 것이 닿았다.

"뭐지, 이거…."

꺼내 보니, 빈 쿠키 캔에 무언가를 채워 넣은 것이었다. 언뜻 보기에 이상한 점은 전체에 테이프가 둘둘 감겨서 밀봉되어 있다는 것이다.

캔 표면에는 매직으로 무언가가 휘갈겨 쓰여 있었다. 하지만 대부분 벗겨져서 읽을 수 없었다. 겨우겨우 '카미나가'라고 적힌 것만 읽어냈다.

"이거…, 내가 숨긴 건가?"

내 방이니 그랬을 테지만, 전혀 기억나지 않는다. '열면 안 된다'고 무언으로 호소하는 캔을 머뭇거리며 흔들어 보았다. 많은 종이가 움직이는 사락사락 소리가 난다. 희미한 금속음도 들리는데 뭘까.

나는 그 캔을 마치 저주받은 상자처럼 내려다보았다.

이것은 아마 잊어버린 과거와 연결되는 물건일 것이다.

그건 그렇고, 왜 이렇게 엄중하게 테이프를 감아서 숨겨 놓았을까.

등골이 오싹했다.

나는 서둘러 캔을 원래 자리로 되돌려 놓았다. 침대 밑에 떨어진 스마트폰을 줍고 외출 준비를 했다.

그렇게 나는 캔을 머릿속에서 내쫓고 스즈 씨와 만날 약속 때문에 집을 나섰다.

"오전 열한 시 이십 분? 출근을 꽤 늦게 하네."

"출근이 아니야. 지난 사흘간 오전 내내 역에서 잠복해 봤지만, 그 회사원은 나타나지 않았어. 아마 이 역 근처에 살지 않는 거겠지. 일이나 뭐 다른 일로 우연히 왔다가 사고를 당하는 것 같아."

그게 내가 내린 결론이다.

아침 출근 시간에 현실의 그는 나타나지 않았고, 저녁 퇴근 시간에도 그랬다.

스즈 씨는 "으음" 하며 생각하다가 물었다.

"근데 카미나가가 없는 시간에 다녀갔을 가능성은 없어? 예를 들어 매일 오전 네 시에 출근해서 밤 한 시에 퇴근할 수도 있잖아."

"엄청난 블랙 기업이잖아, 그건! 그 상태에서 휘청거리다가 전철 사고를 당한 거면 산재에 사회 문제야! 아니, 그게 중요한 게 아니고."

항상 오던 공원, 평소와는 다른 벤치에서, 스즈 씨와 내가 나란히 대화를 나눈다.

나는 이쑤시개로 옥수수를 찌르는 그녀에게 IC카드를 주머니에서 꺼내 보여주었다.

"나나 스즈 씨는 개찰구를 드나들 때 이걸 쓰잖아?"

정확히 말하면 나는 그냥 IC카드를, 스즈 씨는 통학 정기 IC를 쓴다. 하지만 개찰구에서 카드를 터치하는 것은 둘 다 똑같다.

"하지만 그 환영은 일회용 승차권으로 개찰구를 통과해. 물론 그냥 정기권을 깜빡했을 가능성도 있지만, 내 생각에는 평소에 전철을 타지 않았을 가능성이 커."

"그렇구나…. 일리 있어. 근데 어떻게 그렇게 구체적인 시간까지 추려냈어?"

"그건 그냥 시계를 봤어."

나는 그가 찬 손목시계를 설명했다. 사실 사흘째 아침에 어렴풋이 시곗바늘이 보이게 되었다. 판별이 어려워서 계단 중간에서 계속 멈춰 서는 수상한 사람이 되어 버렸지만, 일단 성과는 있었다.

시계가 정확하게 가리킨 것은 열한 시 이십 분이었다.

"환영이 짙어지는 속도로 봐서 아마 현실이 되는 건 내일일 거야."

그러니 그때 막아야 한다.

우리가 할 수 있는 일은 그것뿐이다.

"자살을 막는 설득은 어렵지만, 그 사람은 사고야. 그러니까 시간을 조금 어긋나게 하면 막을 수 있을 거야. 문제는 전에도 말했듯이 내 움직임은 환영의 움직임에 이미 포함돼 있다는 건데—"

"괜찮아. 내가 있잖아!"

든든한 선언.

그 말을 예상했는데도 나는 무심코 눈을 크게 떴다.

당연하지 않은 것을, 당연하다는 듯 말해주는 것은 스즈 씨의 대단한 점이다. 천진난만해서 그런 것일 수도 있지만, 그건 그녀의 장점이다. 나는 가슴을 퉁 두드리는 스즈 씨의 모습에 확실한 안도를 느꼈다.

내일, 스즈 씨가 도움이 되든 되지 않든, 엄청난 활약을 하든 엄청난 실패를 하든…. 그저 그녀가 있어 줬다는 사실만으로 나는 분명 마음이 놓일 것이다. 죄책감을 둘로 나눌 뿐인 비겁한 감정일지도 모르지만, 사실은 사실이다.

나는 작게 웃으며 말했다.

"그럼 내일 열한 시에 그 개찰구 앞에서 만나자."

"응! 잘 부탁해! 아, 알아보기 쉽게 옷 맞춰 입을까?"

"도대체 왜…. 처음 보는 사람끼리 알아보게 표시하는 것도 아니고, 뭘 하고 싶은 거야…?"

"'구명단 결성!' 같은 거."

"단언컨대 거절이야. 애초에 두 명은 단체라고 하지 않아."

"쩨쩨해."

"그럼 내일 보자."

스즈 씨는 뺨을 부풀렸지만, 이제 슬슬 수업 시간임을 잊지는 않은 모양이다. 평소처럼 누가 먼저랄 것 없이 일어선 우리는 나란히 공원 출구로 향했다.

나는 스즈 씨의 가방에 매달린 인형을 보고 가리켰다.

"그 키링 귀엽네. 원숭이 인형이야?"

"…고양이야. 내가 만들었어."

"그…, 이상한 걸 물어서 미안."

"진지하게 사과하지 마! 그게 더 비참해!"

"아니, 근데 고양이라는 말을 듣고 보니까, 음, 정말로, 음….."

안 되겠다. 뒷말이 떠오르지 않는다. 사실 원숭이라고 생각한 것도 나로서는 꽤 양보한 것이다. 더 솔직하게 말하면 탄 롤빵에 눈과 코를 붙인 것 같다.

그래도 왠지 친근한 매력이 있다고 할까. 희한하게 인형의 생김새에 눈길이 간다. 뭘까. 귀여운 것과는 완전히 다른데.

"스즈 씨는 확실히 손으로 만드는 걸 좋아할 것 같은 이미지가 있어."

참고로 손재주가 좋을 것 같은 이미지는 전혀 없었다.

"그렇지? 고등학생 때 친구가 가르쳐줬는데, 해보니까 의외로 재미있더라고. 아, 카미나가도 해볼래? 가르쳐줄게."

"스즈 씨한테 남을 가르칠 여유가 생기면, 그때 꼭 배울게."

그런 날은 영원히 오지 않으리라고 생각하며 화제를 바꿨다. 스즈 씨는 못마땅한 표정을 지었지만, 자신의 손재주가 어떤지 본인도 아는지 더는 말하지 않았다.

맑은 겨울 하늘에 엷은 구름이 흘러간다. 나는 맞은편에서 다가오는 할아버지를 발견하고 반사적으로 발밑으로 시선을 돌렸다.

이건 나의 습관 같은 것이다. 낯선 사람의 모습을 보면 '그들'

일지도 모르니 일단 시선을 피한다. 갑작스러운 사건을 목격하지 않도록 조심하기 위해서다.

다른 사람의 죽음을 외면하려는 태도 같아서 죄책감이 느껴지기도 한다. 지금 이렇게 분주히 움직이고는 있지만, 그것은 '그들'을 모두 구하기 위해서가 아니다. 미래가 바뀔 가능성이 있는 것은 어디까지나 우리가 선택한 사람뿐이다.

그런 생각을 하는데, 스즈 씨가 앞을 본 채 물었다.

"역시 카미나가의 눈에는 역에 있는 사람 말고도 죽는 사람이 보여?"

"…뭐, 몇 명. 근데 전에 말했듯이 죽는 사람이 전부 보이는 건 아니야."

"그렇구나…. 그렇겠지."

"응."

환영인 '그들' 이외에도 죽는 사람은 있다. 환영으로 보이는 죽음과 보이지 않는 죽음에 어떤 차이가 있는지는 모른다. 다만 나로서는 모든 죽음이 보였다면 분명 방에서 한 발짝도 나가지 못했을 테니 지금 정도라서 다행이다.

나는 조금 슬퍼 보이는 스즈 씨를 올려다보았다.

"그런 얼굴 하지 마. 사람이 죽는 건 당연한 결말이니까 스즈 씨가 짊어지지 않아도 될 일이야."

우연히 나를 만나서 미래의 죽음을 알았을 뿐, 스즈 씨는 원래 상관없는 사람이다. 거기에 책임감이나 부담감을 느끼지 않아도 된다.

그런데 위로하기 위한 나의 말에 스즈 씨는 천천히 고개를 저었다.

"하지만 그건 카미나가도 똑같아."

그녀는 그렇게 말하며 매우 어른스러운 미소를 지었다.

그 미소가 어쩐지 쓸쓸해 보여서 나는 아무 말도 할 수 없었다.

스즈 씨와 헤어져서 집으로 돌아가는 길, 나는 늘 다니는 아케이드 상가 거리에 접어들었다.

그리고 평소와 달리 셔터가 내려간 수예점 앞을 지나갔다. 거기에는 '임시 휴업'이라고 쓰인 종이가 붙어 있었다. 나는 조금 마음이 무거웠다. 우울하다기보다는 안타까움에 가까운 이 감정에는 이미 익숙했다.

고개를 살짝 숙인 채 걷고 있는데, 옆을 지나가는 여자들의 이야기가 들렸다.

"저 가게 할머니, 어제 돌아가셨대. 92세였다니까 장수하셨지."

"어머, 그랬어? 이제 허전하겠다."

변하지 않는 풍경에서 무언가가 사라졌음을 아쉬워하는 목소리. 그녀들에게는 지극히 작은 일상의 일부다. 한탄할 만큼 대단한 일도 아니고, 그것은 나에게도 마찬가지…여야 한다.

"꼭 인형처럼 가만히 가게 앞에 앉아 계셨으니 당분간은 썰렁하겠어."

"아, 그래도 지난 2, 3일 동안은 할머니한테 젊은 여자가 찾아 왔어. 둘이 나란히 앉아서 뭔가를 뜨던데, 할머니가 엄청 즐거 워 보였어. 좋은 추억이 됐을 거야."

"그래? 그것참 다행이다."

나는 멀어지는 목소리를 들으며 상가 한가운데서 멈춰 서고 말았다.

그 할머니와 뜨개질하던 젊은 여자…. 스즈 씨가 분명했다. 스즈 씨는 내 이야기를 듣고 할머니에게 가서 말을 걸었을 것 이다.

그녀는 그런 일을 당연하다는 듯이 할 수 있는 사람이었다. 소중히 여기고 싶은 것을 소중히 여길 수 있는, 그런 사람이었 다.

내가 그 어떤 하찮은 일로 다리가 얼어붙든 그녀는 그 위를 가뿐히 넘어 버린다. 그리고 뒤돌아보며…, 나에게 손을 뻗는다.

문득 눈시울이 뜨거워졌다. 나는 입술을 깨물며 감정을 참았 다.

"정말 뭐야, 그 사람…."

그녀와 함께하면, 지긋지긋한 환영도, '그들'이 있는 세상도 의 미 있는 것이 될지 모른다. 그런 어린아이 같은 기도를 품으며 나는 귀갓길에 올랐다.

그리고 다음 날이 찾아왔다.

7

붐비는 아침 시간대가 끝나고 역사 안이 차분함을 되찾았을
무렵.

전철에서 하나둘 내리는 승객은 2교시부터 수업이 있는 대학
생이나 쇼핑하러 나온 주부 등 하나같이 서두르는 기색이 없는
사람들이다.

그런 그들에게 개찰구로 나가지 않고 계단 아래에 있는 나는
분명 이상하게 보일 것이다. 어쩌면 수상한 사람이 있다는 정보
가 지금쯤 역무원에게 들어갔을지도 모른다. 개찰구 앞에는 역
무원이 수시로 왔다 갔다 하고 있었다.

"위험해…."

옛날에도 자주 의심을 받았지만, 아직까지 연행된 적은 없었

다. 다만 경찰관이 말을 건 적이 몇 번 있었고, 우리 집으로 전화를 건 적이 있긴 하다.

이번에도 그렇게 되면 곤란하다. 적어도 회사원 환영을 해결하기 전까지는 여기서 움직이고 싶지 않다.

나는 개찰구를 등지고 계단을 올라갔다. 내 바로 옆으로 이제는 거의 투명하지 않은 회사원의 환영이 달려서 지나갔다. 나는 그를 힐끔 보았다.

나이는 아마 30대 초반 정도인 것 같다.

살짝 짧은 머리카락은 조금 까치집이었다. 초조함과 짜증이 섞인 표정은 평소라면 다정했을지도 모른다. 하지만 지금은 오른손에 승차권을 쥐고 그저 필사적이다. 나는 그가 승차권을 잃어버릴 것 같다고 멍하니 생각했다.

"…승차권을 걱정할 때가 아니지."

그가 당장 잃어버릴지도 모르는 것은 승차권이 아니라 목숨이었다. 그것이 어떻게든 해결된다면, 승차권 따위는 얼마든지 잃어버려도 상관없다.

나는 그의 환영 뒤를 따라서 계단을 올랐다. 주머니에서 꺼낸 스마트폰으로 시간을 확인했다. 표시된 시각은 오전 열 시. 약속 시각보다 정확히 한 시간 이르다.

"스즈 씨가 오기 전에 끝내 두고 싶으니까…"

땀이 밴 손바닥을 꽉 쥐었다.

오늘 혼자 일찍 온 이유는 하나다. 이 환영이 죽는 순간을 직시하기 위해서다.

지금까지는 똑바로 보려고 하지 않았다. 전철로 인한 죽음은 몇 종류의 죽음 중에서도 유독 처참하기 때문이다.

한 번은 원인을 확인하려고 스즈 씨와 있을 때 살짝 보기는 했지만, 확실히 본 것은 아니었다. 그때 내가 본 것은 승강장에 떨어지는 그의 모습과…, 그 직후 전철에 치여 날아간 그의 몸뿐이었다. 치여서 날아갔다고 생각한 모습도 반 이상은 내 상상이 멋대로 만든 영상일 것이다.

그러니 꼭 봐둬야 한다.

보기 싫은 것을 보지 않은 상태에서 예측하지 못한 사태가 일어나면 돌이킬 수 없다. 환영은 몇백 번이나 거듭 죽지만, 실제 죽음은 한 번뿐이다. 그 한 번을 막기 위해서 나는 내가 할 수 있는 최선을 다해야 한다. 그러지 않으면 스즈 씨 옆에 나란히 설 자격이 없다.

기회는 한 번뿐이다. 아니, 두 번은 필요하지 않게 할 것이다.

그래서 망설임 끝에 현실과 매우 가까운 시간대를 택했다. 어설프게 일찍 보는 바람에 환영이 투명해서 정보량이 부족하면 곤란하기 때문이다. 내가 그렇게 정신적 내성이 강하다고 생각하지도 않기 때문에 몇 번이나 보고 싶지는 않았다. 나는 과거의 기억을 스스로 지워버릴 정도로 나약한 인간이었다.

그래서 바로 직전에 제대로 볼 생각이었다.

"…너무 싫다."

식은땀이 등을 적셨다. 입 안이 건조해서 마치 피 같은 맛이 났다.

다리가 무겁다. 이 이상 나아가고 싶지 않다고 몸이 거부하는 것 같았다. 그렇게나 다양한 환영의 죽음을 봐왔으면서, 언제까지고 겁쟁이인 나 자신이 싫어진다.

하지만 그건 그거고, 이건 이거다.

"…겨우 이 정도로 누군가의 목숨을 구할 수 있다면 당연히 해야지. 괜찮아, 할 수 있어."

스즈 씨가 했던 말로 나 자신을 타이르며 눈을 감았다.

그대로 여세를 몰아 마지막 계단을 올랐다. …그리고 눈을 떴다.

내 눈에 보이는 것은 승강장에 서서 전철을 기다리는 커플과 벤치에 앉은 할머니, 그 일행인 여자, 그리고 자판기에 상품을 채우고 있는 사람 몇 명뿐이었다. 사람도 몇 없는 그 광경에 나는 순간 사소한 불편함을 느꼈다. 뭔가 위화감이 있는데, 그게 뭔지 모르겠다.

나도 모르게 고개를 갸웃한 그때, 내 몸을 '그'가 통과해 지나갔다.

소름이 돋은 내 앞에서 환영인 그는 스마트폰을 꺼내며 걷는 속도를 늦췄다. 왼쪽에 있는 하행선 쪽 승강장에서 노란 선을 따라 걷기 시작했다.

그 직후…, 그의 몸이 갑자기 왼쪽으로 휘청였다.

그는 얼른 균형을 잡으려고 버텼다. 이상한 형태로 정장 상의가 왼쪽으로 펼쳐졌다. 그는 안색을 바꾸고 선로 쪽을 보며 무어라 외친다.

하지만 쓰러질 듯한 그의 상태는 달라지지 않았다. 그는 그대로 끌려가듯…, 선로에 떨어졌다.

그리고…, 형태를 잃으며 사방으로 흩어졌다.

"…으윽."

나는 입을 틀어막고 몸을 숙였다.

내 스니커즈와 회색 바닥이 보였다. 하지만 그 모습도 곧 눈물로 번졌다.

목구멍 안쪽에서 올라온 위액을 간신히 삼켰다. 속이 안 좋다. 그것 말고는 아무것도 생각할 수 없었다. 웅크려 앉아서 정신을 놓아 버리고 싶었다.

방금 본 광경이 순식간에 뇌리에 박혀서 몸이 저절로 덜덜 떨렸다.

게워 내고 편해지고 싶었지만 지금 여기서 토할 수는 없었다. 역무실로 끌려가기라도 하면 곤란하다.

내 상태를 눈치챈 할머니가 벤치에서 일어나 다가왔다.

"왜 그래? 괜찮니?"

"…괘, 괜찮아요. 감사합니다."

천천히 몸을 일으켰다. 말과는 달리 낯빛은 상당히 어두울 것이다. 언뜻 보니 할머니는 걱정스럽게 미간을 찌푸렸다. 하지만 나는 그 이상 무슨 말을 듣기 전에 승강장을 뒤로했다. 그 순간, 또다시 계단을 뛰어 올라오는 그를 정면으로 마주치고 나도 모르게 눈을 질끈 감았다.

"너, 정말 괜찮아?"

그 말에 바로 대답하지 못했다.

방금 본 광경이 떠올라서 몸이 아직 마음처럼 움직이지 않았다. 입에서 불쾌한 맛이 나서 고개만 열심히 끄덕였다. 그리고 방금 본 광경을 단순한 정보로 처리하려고 노력했다.

그는 스마트폰을 보면서 승강장 가장자리를 걷다가…, 아마 '무언가'에 휘말려서 선로에 떨어진 것 같다.

문제는 그것이 무엇이냐다.

부딪힌 것 같기도, 끌려간 것 같기도 했다. …아니, 끌려간 것 같다. 정장이 이상한 형태로 펼쳐진 이유는 무언가가 정장을 잡아당겼기 때문이다.

"그런 건가…."

그는 선로를 향해 소리쳤다.

보통 그럴 때는 누군가에게 도움을 요청하는 것이다. 하지만 그는 아무도 없어야 할 선로를 봤다. 다시 말해 거기에 자신을 잡아당기는 '무언가'가 있다는 뜻이다.

"…잠시 후 3번 선로에 열차가 들어옵니다."

승강장에서 안내 방송이 흘러나오자, 나는 눈을 떴다. 아직 옆에 있던 할머니와 눈이 마주쳐서 고개를 숙였다.

"죄송해요. 좀 졸려서…, 정말 괜찮아요."

"그래? 얼른 들어가서 자."

"네."

걱정해 준 사람에게 거짓말을 해서 미안하지만, 지금은 어쩔수 없다. 할머니는 나를 돌아보면서도 들어오는 열차에 줄을 서려고 멀어졌다. …어라? 벤치 옆자리에 있던 여자는 여전히 앉아 있다. 뭐야, 일행이 아니었나? 어쩐지 할머니가 내 쪽으로 오는데도 완전히 모르는 체한다 싶었다.

할머니가 정차 위치에 줄을 서고 잠시 후 전철이 승강장에 들어왔다. 시간대 때문에 문에서 내리는 사람도 그리 많지 않았다. 그래도 나는 방해되지 않도록 계단에서 떨어져서 노선도 간판 뒤에 진을 쳤다. 여기서는 '그'가 죽는 순간이 보이지 않는다.

나는 승강장을 둘러보았다.

"그 사람은 뭐에 끌려간 걸까…?"

성인 남성을 선로에 떨어뜨릴 만한 사물은 승강장에서 좀처럼 찾기 힘들다. 어느 정도 크고 무거운 것이어야 하는데… 그런 것이 있을까? 대충 훑어보니 그런 것은 전부 고정되어 있었다. 도무지 짐작조차 되지 않았다.

시계를 보니, 아직 열 시 팔 분이다. 혹시 한 시간 내에 밖에서 크레인이 들어와서 그 사람이 거기에 걸린다든지….

"아니. 그럴 리가."

내 어이없는 상상에 고개를 저었다.

그때…, 어디선가 '덜컹' 하고 딱딱한 소리가 났다.

무슨 소리일까. 나는 몸을 일으켜서 승강장 안쪽을 보았다. 젊은 작업자가 자판기 전면을 열고 음료를 채우고 있었다. 옆에는 음료 상자를 실은 커다란 손수레가 놓여 있었다.

"…저게 혹시…."

겹겹이 쌓인 상자는 합쳐서 이삼십 킬로그램은 될 것이다. 사람 한 명을 끌어당길 수 있을지는 모르겠지만, 스마트폰을 보는데 옆에서 갑자기 튀어나오면 당황할 것 같다.

그렇다면 환영 속 그도 정장 어딘가에 손수레가 걸렸으리라. 정장을 벗었으면 됐을 텐데, 그런 순간에 바로 기지를 발휘할 수 있는 사람은 아마 그리 많지 않을 것이다. 나였어도 같이 선로에 떨어졌을 것 같다.

"뭐, 어디까지나 가설이지만…. 일단 개찰구로 돌아가야겠다."

조건에 맞는 다른 사물이 없어서 짜낸 가설인데, 지금은 이보다 그럴싸한 원인이 보이지 않았다. 불안 요소는 차고 넘치지만, 나 혼자서는 환영을 바꿀 수 없다. 스즈 씨를 기다렸다가 사정을 설명하는 수밖에 없다. 이제 40분쯤 지나면 약속 시간이다.

"스즈 씨는 시간을 정확하게 지키는 것 같으니까 괜찮겠지."

이런 사태를 앞두고, 약속을 정확히 지키는 것은 고마운 일이다. 그래서 나도 이렇게 한 시간 일찍 올 수 있었다.

승강장에서는 방금 전철에서 내린 사람들이 아직 드문드문 돌아다닌다. 그 틈에 섞여서 나도 개찰구가 있는 층으로 향했다. 그리고 계단을 반쯤 내려갔을 때, 회사원 환영이 개찰구를 지나려고 하는 모습을 봤다. 그는 익숙하지 않은 손놀림으로 자동 개찰기에서 승차권을 받았다. 승강장을 찾는지, 눈을 크게 뜨고 주변을 두리번거렸다. 그러다가 내가 있는 계단 쪽을 올려다봤다.

"승차권이라…."

승강장에서 소란을 피우고 싶지는 않으니 승차권 발매기에서 잠복하는 것이 좋겠다. 아무래도 거기서는 뛰지 않을 테니 붙잡기 쉬울 것이다.

스즈 씨와 만나기로 했으니 나는 일단 밖으로 나가려고 유인 창구로 향했다.

"실례합니다. 밖으로 나가려고요."

"아, 네, 네."

기분 탓인지도 모르지만, 역무원이 의심 어린 눈으로 나를 흘겨보았다. 아, 그러고 보니 지금은 그냥 입장한 것이 아니라 다른 역에서 온 것이라 자동 개찰구로 나가도 됐다. 요즘 계속 입장과 퇴장만 반복해서 깜빡했다.

의심을 살까 봐 경계하는 나에게 역무원은 IC카드를 처리하며 말했다.

"너 요즘 이 주변에서 자주 보이네."

"…아, 네. 학교 과제 때문에 좀…."

어설픈 변명이지만 어쩔 수 없다. 대학생이면 그런 과제 한둘쯤 해도 이상하지 않다.

역무원은 믿는지 안 믿는지, "흐음" 하며 건성으로 반응했다.

손에는 아직 내 IC카드를 들고 있었다. 위험할지도 모르겠다.

변명하려던 나는 문득 개찰구 바깥쪽을 가로지르는 형체를 알아차렸다.

그리고 가슴이 철렁했다.

"…말도 안 돼."

낯익은 정장 차림. 달려온 듯 흐트러진 머리카락과 그 옆얼굴. 한순간도 잘못 알아볼 리 없었다. 나는 조금 전에 그가 갈기갈기 찢어져 흩어지는 모습을 봤으니까.

그런데 그가 왜 지금 여기에 있는 거지?!

자신의 죽음을 모르는 회사원은 승차권 발매기 쪽으로 사라졌다.

나는 스마트폰을 꺼내서 시간을 확인했다.

"아직 열 시 십일 분 맞는데…"

그가 찬 손목시계 시간과 비교하면 한 시간이나 이르다. 당연히 스즈 씨와 만나기로 한 시간도 한참 뒤다.

"제기랄…!"

"왜 그래?"

미간을 찌푸리는 역무원의 손에서 IC카드를 낚아챘다. 그대로 개찰구를 나와 왼쪽에 있는 승차권 발매기 쪽을 내다봤다.

거기에 '그'가 있었다.

노선도와 요금표를 올려다보며 고민하는 그는 역시 그 사람이 맞았다. 그는 승차권을 사면서 손목시계를 힐끔 봤다. 표정을 바꾸지 않은 채, 나오는 승차권을 받는다.

그리고 내가 있는 개찰구 쪽으로 걸어왔다.

"잠깐…!"

왜지? 아직 시간이 이르잖아! 방금 시계를 보고 이르다는 생각 안 했어?!

아연실색한 내 옆을 그가 지나쳤다. 승차권만 미리 사둔 것이기를 바란 것도 잠시, 개찰구로 들어가려는 그에게 나는 엉겁결에 목소리를 높였다.

"자, 잠깐만요!"

갑작스러운 외침에 주변 사람들이 돌아보았다. 그 회사원도 마찬가지였다. 나는 의아하게 얼굴을 찌푸리는 그에게 달려갔다.

"저기, 시계…, 그쪽 시계가 빨라요. 시간이…."

다른 건 몰라도 아직 스즈 씨가 오지 않았다. 제발 아직 시간이 이르다는 걸 눈치채주면 좋겠다. 지금만 잘 넘기면, 어떻게든 될 테니까.

생면부지인 나의 궁색한 호소에 그는 눈을 동그랗게 떴다. 그러나 금방 무언가 알아차린 듯 표정을 살짝 풀고 "아아…"라고 말했다.

"뭐야, 이 손목시계 봤어? 이건 업무용이야. 그래서 해외 시간에 맞춰놨거든. 고장 난 게 아니야."

"…그런…."

이럴 수가. 최악이다.

그가 들어 올린 손목시계 바늘은 정확히 한 시간 후를 가리켰다. 그에게는 당연한 일일 것이다. 그런데 나는 섣부르게도 그 시간이 사건 발생 시간이라고 믿어 버렸다. 내가 알아차린 사실에 들떠서 사고가 정지된 것이다.

그는 멍하니 얼어붙은 나를 수상쩍게 바라보았다.

"네 딴에는 친절이었을지 모르지만, 남의 물건을 함부로 보는 건 좋지 않아. …그럼 나는 바빠서 이만."

그는 걸음을 돌려서 자동 개찰기로 향했다. 나는 정신을 차리고 그 뒤를 쫓았다.

"잠깐…, 가면 안 돼!"

내가 보는 환영은 그가 이 개찰구를 지나서부터 시작된다. 그러니 환영의 미래를 바꾸려면 개찰구 안에서 그에게 말을 거는 것이 나았을지도 모른다.

그러나 내 머릿속은 그때, 그의 끔찍한 모습을 보고 싶지 않다는 한 가지 생각으로 가득했다. 승차권을 든 그가 뒤를 돌아보았다. 그 얼굴에는 짜증이 묻어났다.

"뭐야? 장난은 다른 데서 쳐. 민폐야."

"아니에요…. 위험해요. 지금 가면…."

나는 말하면서도 이것이 무의미한 설득임을 예감했다.

나 혼자서는 역시 막을 수 없다. 내가 그의 손목시계에 집중한 것도, 그 시계가 한 시간 이르게 설정된 것도, 전부 계산된 범위였다.

정말, 모든 예상이 틀어져서 진저리가 난다. 여기저기에 욕을 퍼붓고 싶다. 그중에서도 가장 욕하고 싶은 것은 나 자신이었다.

내 말은 닿지 않는다. …하지만 이렇게 된 이상, 혼자 하는 수밖에 없다.

나는 각오를 다지고 입을 열었다.

"갑자기 이런 말을 해서 죄송하지만, 정말로 지금 승강장에 가면 위험해요. 일 때문에 급하신 건 알지만, 그래도 잠깐만 기다려주세요."

"…기분 나쁜 소리를 하네. 무슨 일이 있는 거면 역무원한테 말해."

내 진지한 표정을 봐서인지, 그는 무시하고 안으로 들어가려고 하지는 않았다. 개찰구 앞에서 불쾌한 긴장감을 내뿜는 우리를, 지나가는 사람들이 돌아보았다.

이러다가 약간 시끄러워질 수도 있겠다. 하지만 그 정도로 해결된다면 쉽게 막은 셈이다. 나는 여기저기서 날아오는 시선에 도망치고 싶었지만, 스스로 용기를 북돋웠다.

"지금 3번 선로에 들어오는 하행 열차를 타려는 거죠? 그런데 그건 위험해요. 안 좋은 일이 생길 거예요. 그러니까 이대로 전철을 탈 거라면 주변을 경계하세요."

어쩐지 수상하게 들릴 말이지만, 그가 주위에 신경을 쓰는 것만으로 그 사고를 막을 수 있을지도 모른다. 어떻게 말해야 조금이라도 믿을 만해 보일까. 잘 모르겠지만, 내가 할 수 있는 최선을 다해서 고개를 깊이 숙였다.

머쓱해하는 그의 목소리가 들렸다.

"뭐야, 뭐 점술 같은 거야? …그런 건 딴 데서 해."

"그게 아니…!"

고개를 드니 그가 마치 불쾌한 것을 보는 듯한 시선으로 나를 쳐다보고 있었다.

내가 잘 아는 눈이었다. 지금까지 수없이 마주해 본 눈이었다.

그리고…, 그런 눈으로 나를 보던 사람들은 이미 모두 고인이 되었다.

마음이 급속도로 차가워진다. 소리를 내려고 하는 목구멍이 굳어서 그대로 얼어붙을 것 같다. 혼자뿐인 어두운 방으로 돌아가고 싶어졌다.

하지만…, 나는 주먹을 꽉 쥐었다.

'혼자라서 아무것도 못 한다'는 이유로 포기하면, 지금까지 함께해준 스즈 씨를 볼 면목이 없다. 나를 믿어주지 않는다면, 하다못해 환영이 현실이 될 때까지 조금이라도 시간을 벌어야 한다.

"알았어요. 제대로 설명할게요. 사실—."

하지만 그렇게 말을 이으려는 나에게 다른 목소리가 날아들었다.

"너, 아까부터 뭐 하는 거야? 학교는 어디야?"

창구에 있던 역무원이 소란을 알아차리고 나왔다. 역무원은 우리 사이에 끼어들며 회사원에게 물었다.

"아는 사이예요?"

"전혀요. 갑자기 말을 걸더라고요. 저는 바빠서 이만."

"아니, 잠깐…!"

허둥지둥 쫓아가려고 하는 내 앞을 역무원이 막았다. 그 틈에 그는 자동 개찰기를 지나서 안으로 들어갔다. 나 때문에 잠시 발이 묶여서일까. 그는 급하게 주위를 둘러보았다. 그러다가 3번 선로 계단을 발견하고는 고개를 들었다.

그 표정이 어떤지, 등을 돌리고 있는데도 알 수 있다. 나는 내 얼굴에서 순식간에 핏기가 가시는 것을 느꼈다.

"이것까지 반영돼 있었다니…."

너무 화가 난다. 내가 불러 세워서 그가 늦어지는 것까지 전부 환영의 범위 안이었다. 무언가를 하든, 하지 않든, 내 눈앞에서 사람이 죽는다. 결국에는 그 반복이다.

우두커니 선 나를 역무원이 살펴보았다.

"대체 무슨 장난이야? 나 참."

"…장난 아니에요."

이제 몇 분 후면 내가 본 참상이 현실이 될 것이다. 그리고 당신들은 그때 후회하겠지. 후회하며 '어떻게든 막을 수 없었을까'라고 생각할 것이다.

하지만 그때 가서는 늦다. 지금이라면 아직 막을 수 있는데.

…그래. 아직 늦지 않았다.

나는 고개를 들었다.

그리고 의아한 눈으로 보는 역무원을 응시했다. 내 의연한 태도에 역무원은 조금 당황했다.

"뭐야, 너…."

"실례하겠습니다!"

나는 말하자마자 바닥을 차며 달려 나갔다. 역무원 옆을 비집고 나가서 유인 개찰구로 향했다. 창구에 IC카드를 내던지고 달리는 나를 향해 역무원이 뒤에서 소리쳤다.

"잠깐! 뭐 하는 거야!"

역사 안에 목소리가 크게 울려 퍼졌다.

나는 그 소리를 무시하며 계단을 뛰어올랐다. 때마침 앞서가던 그 회사원이 오른손을 올린 채, 내려오는 여대생을 피했다.

긴 웨이브 머리에 멜빵 청바지를 입은 그녀는 무리하게 진로를 벗어나더니, 회사원을 놀란 얼굴로 돌아보았다.

나는 생각하기도 전에 그녀의 이름을 불렀다.

"스즈 씨! 그 사람이야!"

약속한 시각보다 한 시간 정도 이른데, 왜 그녀가 여기에 있는 걸까.

하지만 그런 생각은 나중에 해도 된다. 계단을 내려오려던 스즈 씨는 내 말에 재빨리 방향을 바꿨다. 스니커즈로 계단을 차며 회사원 뒤를 쫓아갔다.

나도 멈추지 않았다. 두 사람의 뒤를 쫓아서 전력으로 계단을 뛰어 올라갔다.

승강장 풍경이 보인다.

스마트폰을 꺼내며 걷는 속도를 늦추려는 그와, 그를 쫓아가는 스즈 씨.

그 광경의 절반은 이미 본 것이다. 하지만 승강장을 둘러보아도 그를 끌고 갈 만한 손수레는 어디에도 없었다. 원인이 부재한 상태다. 담담히 안내 방송이 흘러나왔다.

"잠시 후 3번 선로에 열차가 들어옵니다."

"…이런!"

아주 짧은 순간 내 머리가 분주하게 돌아갔다.

그는 앞으로 어떻게 선로에 떨어질까.

승강장에는 그를 끌고 갈 만한 것이 아무것도 없다. 그저 스즈 씨만 그를 막으려고 달리고 있었다. 나에게 부탁을 받은, 스즈 씨만이—.

"앗, 스즈 씨, 잠깐만!"

순간적으로 입에서 튀어나온 것은 제지하는 말이었다.

회사원을 따라잡으려던 스즈 씨는 그 말에 급하게 멈추려다 앞으로 고꾸라져 넘어질 뻔했지만, 어찌어찌 멈춰 섰다.

"카미나가?"

"잠깐 기다려…. 아무것도 없어. 승강장에 사고를 일으킬 만한 게…."

그 사이에 무언가가 나타날 줄 알았건만, 눈에 보이는 범위에는 아무것도 없었다.

자판기에 채울 물건을 실은 손수레도 없어졌다. 보이는 것은 그저 개찰구로 향하는 사람들과, 다음 열차를 기다리는 많지 않은 사람들뿐이다.

나는 뒤돌아서, 계단을 뛰어 올라오는 역무원을 보았다.

지금까지 내가 환영을 피하려고 한 행동이 전부 반대의 결과를 낳았다.

그렇다면 혹시 환영 속 사고는 내가 스즈 씨에게 '그를 막아 달라'고 부탁한 탓에 일어나는 것은 아닐까?

만약 그렇다면, 저 회사원뿐만 아니라 스즈 씨까지 내가 죽음으로 몰아넣는 셈이다. 그건 절대 안 된다. 스즈 씨가 말려들어 죽게 하다니…. 그런 일은 있어서는 안 된다. 내 마음이, 잃어버린 기억이 그렇게 외쳤다.

나는 떨리는 두 주먹을 꽉 쥐었다. 쫓아온 역무원이 내 어깨를 잡았다.

"드디어 잡았다, 요놈. 역무실로 따라와."

못마땅한 목소리를 듣고 스즈 씨가 놀라서 폴짝 뛰었다. 그녀는 내 쪽으로 돌아오려고 한 발짝을 내디뎠다.

그때, 벤치에서 중년 여성이 벌떡 일어섰다.

얼굴이 지쳐 보이는 여성. 그 눈은 자신의 발밑 말고 아무것도 보지 않았다. 마치 유령 같은 분위기다. …나는 문득 그렇게 느끼다가 그제야 깨달았다.

"저 사람…, 설마!"

좀 전에 느꼈던 희미한 위화감.

그것은…, 벤치에 앉은 그 사람 때문이었다.

내가 승강장을 왔다 갔다 했던 요 며칠 동안 그 여자는 항상 똑같은 자세로 똑같은 벤치에 앉아 있었으니까.

나는 매번 그 모습을 보고도 신경 쓰지 않았다. 고요히 풍경에 녹아든 것처럼 존재감이 없어서 같은 사람인 줄도 눈치채지 못했다. 아까까지만 해도 옆에 앉아 있던 할머니의 일행이라고 생각했다.

하지만…, 그렇지 않았다.

"지금까지 내가 봐온 저 사람은… 전부 환영이었던 거야."

움직임이 적은 환영은 오랜 시간 동안 재생된다.

그래서 나는 지금까지 한 번도 그녀가 죽는 순간을 보지 못했다. 벤치에 앉아 있을 뿐인, 길고 조용한 시간을 봤을 뿐이다.

하지만 시간이 얼마나 걸리든 '그들'이 다다르는 종착지는 하나다.

일어선 중년 여성…, 현실 속 그녀는 주변을 대충 둘러보았다. 마치 꿈속에 있는 듯한 눈이 선로 끝에서 다가오는 열차를 포착했다. 나는 그 자리에서 얼어붙었다.

"아, 안 돼!"

먹먹한 외침이 승강장을 울렸다.

하지만 여자는 미동도 하지 않았다. 여자에게 내 목소리는 들리지 않는다. 아무것도 보이지 않는다.

저 사람은 언제나 그렇게 기다렸다. 그렇게 되풀이해 왔다. 스스로 선택한 죽음의 순간을.

승강장에 들어오는 열차에 맞춰 여자는 마침내 뛰기 시작했다.

그 끝에 있는 것은 바로 그 회사원이었다. 그는 스마트폰을 보느라 알아차리지 못했다.

나는 역무원에게 붙잡힌 채 외쳤다.

"위험해!"

달려온 여자가 그와 부딪혔다.

정면충돌까지는 아니었지만, 여자의 왼쪽 몸이 그를 들이받았다. 하지만 그녀는 부딪힌 상대를 쳐다보지도 않았다. 마치 아무 일도 없다는 듯 선로만 보고 있었다.

그녀는 그대로 그를 끌며 뛰어들었다.

"어? …뭐야, …뭐 하는 거야!"

뭔가가 그의 정장에 걸린 것 같았다. 회사원은 당황해서 소리쳤지만, 그 몸도 여자의 기세에 이끌려 휘청거렸다.

평범한 중년 여자로 보이는 그녀의 어디에 그런 힘이 있었을까. 그의 몸은 선로 쪽으로 질질 끌려갔다. 주위에 있는 몇 명이 이상한 낌새를 알아차리고 돌아보았다.

"그만해! 이거 놔!"

열차 앞머리가 승강장 끝으로 들어왔다.

요란한 경적이 울려 퍼지자, 역무원이 마침내 나를 놓았다.

나는 앞으로 다가올 참극을 알면서도, 기어이 역무원을 뿌리치고 달려 나갔다.

열차 앞부분이 두 사람에게 닥쳐왔다.

나는 따라잡지 못했다. 이제 10미터. 전철이 훨씬 빨랐다.

나는 분명 늦을 것이다.

생각하고 싶지 않지만, 실패의 예감이 뇌리를 스쳤다.

익숙한 체념이 머리를 채웠다.

하지만 거기에…, 그녀는 늦지 않았다.

"아아아아악!"

언어가 되지 못한 절규.

언제부터 달렸느냐 하면, 아마 나보다 훨씬 먼저일 것이다.

마치 동물처럼 소리치며 스즈 씨는 두 사람에게 두 손을 뻗었다.

그 손끝이 회사원의 목덜미에 닿았다.

스즈 씨는 남자의 목덜미와 여자의 팔을 붙잡고 무시무시한 기세로 승강장 쪽으로 잡아당겼다.

힘이 대치되는 것처럼 보인 것은 순간이었다.

스즈 씨는 세 사람 중에서 가장 왜소했지만 가장 강한 의지를 지니고 있었다.

선로에 뛰어들려던 중년 여성에게는 전혀 예상치 못한 방향에서 온 충격이었다. 세 사람은 뒤엉켜서 승강장 바닥을 뒹굴었다.

그 바로 옆으로 경적을 울리며 전철이 지나갔다.

"…하."

한숨 섞인 목소리가 내 것인지도 자신이 없었다.

정신을 차리고 보니 나는 쓰러진 스즈 씨 옆에 있었다. 승강장 바닥에 쪼그려 앉아서 그녀에게 손을 뻗었다.

나는 눈을 감은 하얀 옆얼굴을 머뭇머뭇 만졌다.

"스즈, 씨…."

평범한 대학생인 그녀가 사람 둘을 자기 힘과 체중만으로 넘어뜨렸다. 어디가 다쳤을지 모른다. 그저 무사했으면 좋겠다.

주변은 소란스러웠고, 누군가가 뭐라고 외쳐댔다. 그 안에는 "구급차!"라는 단어도 있었다. 하지만 아직 아무도 그녀에게 손을 대지 않았다. 그녀 옆에 있는 사람은 나뿐이다.

떨리는 손가락이 그녀의 감긴 눈꺼풀에 닿았다.

가까이서 보니 정말 속눈썹이 길다. 그 속눈썹이 움찔하더니 아래에서 살짝 갈색 눈동자가 엿보였다. 작은 입술이 열렸다.

"카미나가…, 괜찮아?"

"그건 내가 할 말이야."

나는 그저 달리다가 날뛰다가 엉망진창이었을 뿐이다.

그녀가 다 했다. 예상에서 다 벗어나 버린 내 말만 듣고서 또다시 환영을 뒤집어 버리다니.

달려온 역무원들이 회사원과 중년 여성을 도와서 일으키려고 했다. 회사원은 둘째 치고 중년 여성은 정신을 잃은 듯했다. 그래서 오히려 다행일지도 모른다.

스즈 씨는 두 사람이 역무원들에게 둘러싸이자 그제야 그들을 붙잡고 있던 손을 놓았다. 그 손에 나는 내 손을 내밀었다.

"무모한 짓만 시켜서 정말 미안해."

"이 정도쯤이야."

그렇게 말하며 일어선 스즈 씨는 평소처럼 웃는 얼굴이다.

멜빵바지 아래로 드러난 다리가 긁혀서 피가 배어 나왔다. 하지만 이를 깨닫고 미간을 찌푸리는 나를 보고 그녀는 가슴을 통 두드렸다.

"열심히 한 증거니까 괜찮아! 자, 그런 표정 짓지 말고 칭찬해 줘, 칭찬!"

"스즈 씨는 정말 대단해."

그런 말로는 다 표현할 수 없었다.

정말이지 이 사람은, 항상 이렇다. …항상, 그녀는 나를 구원했다.

나는 숨을 삼키고 스즈 씨의 손을 당겼다.

"가자."

역무원의 눈은 쓰러진 두 사람에게 집중됐다. 빠져나가려면 지금이다. 붙잡혀서 이러쿵저러쿵 질문 공세를 받아도 곤란하고, 스즈 씨와 나는 좋은 게 좋은 걸로 끝나지 않으면 곤란했다.

우리는 어수선한 승강장을 감싼 소란을 틈타 잽싸게 계단을 내려갔다.

"그나저나 스즈 씨, 덕분에 살긴 했는데, 내가 약속 시간을 착각한 건 아니지?"

"아, 나 원래 30분 전에는 약속 장소에 와서 시간이 될 때까지 주변을 돌아다녀."

"으음, 왜…?"

"그야 길을 잃거나 그러면 안 되잖아."

"그건 부정할 수 없네."

정말 하나부터 열까지 이 사람은 최고다.

스즈 씨는 개찰구 앞에서 갑자기 눈을 동그랗게 떴다.

"어? 주머니에 뭔가 들어 있어."

꺼낸 그것은 이 역에서 파는 승차권이다. 나는 곧 그것이 누구의 승차권인지 깨닫고 웃음을 터뜨렸다. 아까 몸을 부딪치는 바람에 스즈 씨의 주머니에 들어가 버렸나 보다.

"그 사람, 결국 승차권 잃어버렸네."

"카미나가?"

"뭐…. 목숨을 잃지 않아서 다행이야."

위에서 일어난 소란 때문에 아무도 없는 개찰구에 나는 그의 승차권을 올려두었다. 그 대신 거기에 내버려 두고 갔던 내 IC 카드를 주웠다.

환영이 나를 아무리 비웃어도, 그녀가 있는 한, 틀림없이 누군가의 손에 닿을 것이다.

자동 개찰기를 빠져나간 스즈 씨는 두 손을 들며 기지개를 컸다.

"하아, 카미나가. 갑자기 뛰었더니 피곤하니까 단 거 먹으러 가자."

"그 전에 상처부터 치료해야지. 약국부터 가자."

나는 그녀가 내민 손을 잡았다.

그런 당연한 일이, 한심할 만큼 기뻤다.

8

사람이 많은 휴일 번화가. 건물 사이에서 푸른 하늘을 올려다
보며 내가 물었다.

『잘될까?』

『잘될 거야. 괜찮아.』

자신감에 찬 말. 나는 그 말에 안심하며 한 걸음을 뗐다.

옆에서 걷는 '그'는 몹시 어른스러워서, 그래서 나는 마지막까
지 예감조차 하지 못했다.

보이는데도, 그 미래를 믿지는 않았다.

그래서 우리는…, 나는….

『괜찮아…. 너를 혼자 두지 않을게.』

그 말만 머릿속에 남았다.

남았지만, 쓰라린 기억과 함께 통째로 가라앉는다.

가끔 꿈속에서 보이는 영상은 바꾸지 못한 환영의 결말이다.

밝은 태양 아래 아스팔트, 그리고 쓰러진 뒷모습.

나는 떨리는 두 손으로 얼굴을 감싼다.

『…이건 거짓말이야.』

누가 다 거짓말이라고 해줘.

이런 미래가 기다리고 있다면, 나는.

나의… 이 눈은 무엇을 위해….

○

"실례합니다. 설문 조사 좀 해주시겠어요?"

역 앞에서 떨어진 대로에서 그런 말을 들은 주부는 걸음을 멈췄다. 원래 같았으면 눈길도 주지 않고 지나갔을 테지만, 오늘 유독 마음이 동한 이유는 상대가 인상 좋은 여대생이어서였다.

추운 겨울 하늘 아래 옅은 녹색 반코트와 무릎까지 오는 플리츠 스커트를 입은 여대생은 손에 든 작은 쌀자루를 들어 보였다.

"지금 해주시면 보답으로 이걸 드리고 있어요."

"쌀? 마침 필요한데…."

장바구니를 든 주부는 관심이 있는 듯 여대생이 든 클립보드를 들여다보았다. 그 모습을 근처에서 본 나는 순간 가슴이 철렁했지만, 역시 스즈 씨는 빈틈이 없다. 클립보드에 꽂힌 종이에 그럴듯한 내용이 적혀 있었나 보다.

스즈 씨는 싱긋 미소를 지어 보였다.

"졸업 논문에 쓸 거예요. 귀찮으시겠지만 잠깐 시간 내주세요."

"어머, 그래요?"

대학생이라는 말에 주부의 경계심이 더 낮아졌다. 이 근방에 있는 대학교면 우리 학교 아니면 스즈 씨가 다니는 여대다. 둘 다 동네 주민들에게 그럭저럭 평판이 좋다. 물론 거기까지 고려해서 이번 작전을 짰다.

나는 스마트폰 시계를 확인했다.

디지털로 표시된 분이 59를 넘자, 시간 표시가 탁 변했다.

그 순간, 엄청난 충돌음과 함께 차가 눈앞에 있는 쇼윈도를 들이받았다.

경악이 낳은 한순간의 공백.

깨진 유리가 조각조각 흩어지고 주변에서 비명이 터졌다.

그 비명을 듣고 정신을 차린 듯 주위 사람들이 허둥지둥 움직이기 시작했다. 어떤 사람은 경찰에 신고하고, 어떤 사람은 스마트폰 카메라를 들었다. 술렁거림과 함께 구경꾼이 급속도로 모여드는 것을 나는 씁쓸하게 바라보았다.

아무튼 이번 미션은 이걸로 끝이다.

장바구니를 든 주부는 바로 옆에서 일어난 사고에 놀랐지만, 휴 하고 한숨을 쉬며 뒤를 돌아보았다.

"깜짝 놀랐네…. 정말 무섭다, 어? 어라?"

거기에는 이미 스즈 씨가 없었다. 나는 그녀와 함께 가까운 모퉁이를 돌면서 클립보드를 들여다보았다.

"이 설문 조사는 뭐야?"

"하루 평균 가사 노동 시간에 대한 거야. 가정학부 친구한테 빌려 왔어."

"그렇구나. 그럴듯하네."

쌀을 기대한 주부에게는 미안하지만, 그 정도는 그냥 넘어가 주기를 바란다.

하마터면 그녀는 폭주하던 그 차에 치여서 죽을 뻔했으니까.

스즈 씨와 함께 다닌 지 한 달 남짓.

미래가 바뀐 환영의 수는 이걸로 여섯 명이다. 초반에는 요령이 없어서 외줄 타기 하듯 위태로웠지만, 최근에는 제법 요령이 생겼다.

덕분에 이제는 행동 범위를 두 역 앞까지 넓혔다. 술에 취해 길거리에서 자다가 동사하는 사람은 경찰에 신고하고, 좌회전하는 차에 휘말리는 자전거는 말을 걸어서 속도를 늦추는 등, 다양한 대응책을 사용했다.

그 모든 것의 공통점은 '스즈 씨가 내 예상마저 뒤집는다'는 것이었다. 다시 말해 순수하게 내 관측을 벗어난 움직임이야말로 미래를 바꿀 수 있다는 뜻이다.

그 점에서 스즈 씨는 나에게 보통 매번 예상 밖이다. 너무 예상 밖이라서 가끔은 적당히 해줬으면 좋겠다. 환영을 뒤집을 파트너로서 이렇게 딱 맞는 인재가 없지만, 이만큼 같이 있는 것만으로 기가 빨리는 사람도 그리 많지 않을 것 같다.

스즈 씨는 클립보드와 쌀을 토트백에 넣었다.

"역시 쌀은 사람의 마음을 움직여. 쌀을 준다고 하니까 '좋은 사람이다!'라는 생각이 드는 거지."

"그건 사람마다 느끼는 바가 다를 것 같은데…"

"나도 어떤 상품을 준비하면 얘기를 들어주려나 하고 고민했어. 왜, 대파도 있고. 대파는 필수품이잖아?"

"몰라…. 그리고 그분 장바구니에 대파가 삐져나와 있었어…. 그렇게 많이는 필요 없을걸."

"파랑 밥만 있으면 대파 덮밥을 만들 수 있잖아. …카미나가, 다음 점심은 덮밥집 갈래? 아, 닭고기 계란덮밥 파는 곳으로 고를 테니까 걱정 마."

"내가 닭고기 계란덮밥을 좋아하는 건 맞는데, 그걸 어떻게 아는 거야!"

"아, 아니면 오므라이스 먹을래? 나 계란이 부들부들해서 맛있는 곳 알아."

"하여튼 늘 그렇듯이 남의 얘기는 안 듣는구나! 그러든 말든 상관없지만!"

닭고기 계란덮밥도 오므라이스도 실제로 아주 좋아하지만,

스즈 씨에게 내가 좋아하는 음식 이야기를 한 기억은 없었다. 무서운 사람이다. 독심술이라도 쓰나?

독심술은 그렇다 치고, 슬슬 새로운 가게를 개척하고 싶은 마음도 든다. 스즈 씨와 함께 가게에 들어가면, 보통 지금처럼 시끄럽게 떠들고 마니까 여러 번 갈 수가 없다. 매우 유감이다.

내가 큰 한숨을 쉬었을 때, 마침 가방 안에서 메시지 착신음이 들렸다. 꺼내서 보니, 발신자는 눈앞에 있는 스즈 씨였다. 받은 메시지에는 '츠케멘(면과 육수가 따로 나와서 면을 육수에 찍어 먹는 형태의 라멘 – 옮긴이) 먹고 싶어'라고 적혀 있었다.

"…뭐야, 이거?"

"아, 그거 예약 발송한 거야. 어젯밤에 츠케멘이 먹고 싶었거든."

"그런 건 직접 말해."

"시간이 지나면 먹고 싶었던 걸 잊어버릴까 봐."

"잊어버렸으면 그건 더 이상 먹고 싶은 음식이 아니야!"

정말 어딘가 나사가 하나 빠진 게 분명했다, 이 사람은.

우리는 어쩔 수 없이 츠케멘을 먹기로 했다. 가늘고 곧은 면에 소금으로 간한 진한 육수가 잘 어울려서 무척 맛있었다. 마무리로 묽게 희석해서 마신 육수도 나무랄 데 없었고, 맛있어서 그런지 스즈 씨가 시종일관 말이 없었던 것도 딱 좋았다. 다음에 또 그 가게에 가야겠다.

배가 가득 찬 우리는 소화도 시킬 겸 걸어서 여대 쪽으로 갔다. 나는 도중에 나오는 주택가에서 문득 주변을 둘러보았다.

어떤 사실을 깨닫고 눈을 크게 뜨자, 스즈 씨가 그 기색을 느꼈는지 뒤돌아보았다.

"왜 그래, 카미나가? 뭔가 보여?"

"…아니, 아무것도 안 보여."

조금 말끝을 흐리자, 스즈 씨는 의아한 표정을 지었다. 하지만 더 파고들지 않는 이유는 그녀도 짐작하는 바가 있기 때문이리라.

그리고 내 대답은 거짓이 아니었다.

한 달 전에는 보이던 흐릿한 여자의 환영이 어느새 보이지 않게 되었다.

미대생이 취업 준비라도 하는지, 정장 차림으로 스케치북을 들고 있던 그녀다.

그 투명도로 보아 적어도 반년은 지나야 죽을 사람이라고 생각했다. 사실 구명단을 결성하고 지금까지 몇 번 혼자 확인하러 와봤지만…, 색이 짙어질 기미가 전혀 없었다.

그런데 지금은 보이지 않는다. 내가 기억하는 한, 이런 경우는 처음이었다. 환영이 사라지는 것은 환영이 현실이 됐거나 우리가 개입해서 죽음을 막았을 때뿐이고, 다른 사례는 모른다. 내 눈에 보이지 않을 뿐, 사실은 아직 환영이 존재할지도 모르지만…. 이런 시력이 떨어질 수도 있는 것일까.

"아니면 우리 말고도 구명단이 있나?"

"응? 카미나가, 방금 뭐라고 했어?"

"아니야."

이런 사실을 스즈 씨에게 알리면, "동지를 찾자!" 하면서 귀찮은 일을 벌일 것 같다. 거의 모든 상황에서 저돌적인 그녀를, 나는 슬쩍 곁눈질했다.

완만하게 물결치는 긴 웨이브 머리에 사랑스러운 이목구비. 사람 크기만 한 인형처럼 생겨서 고풍스러운 레이스 드레스가 잘 어울릴 것 같다.

하지만 정작 스즈 씨는 자신의 성격을 반영했는지 대체로 움직이기 편한 옷을 입는다. 오늘도 큰 니트 스웨터에 스키니진을 입었다. 손가락에 반창고를 감은 이유는 얼마 전 환영에 대응하다가 가벼운 생채기가 생겨서다. 환영에 대책을 세우기 시작한 뒤로 나와 스즈 씨는 자꾸만 여기저기 다치고 있다. 그녀가 어딘가 까질 때마다 내가 얼마나 무능한지 뼈저리게 느낀다.

이러다가는 그녀의 목숨을 지켜야 할 때도 고생할 것이다.

환영으로 보인 미래를 뒤집는 것. 그중 가장 중요한 과제는 스즈 씨의 죽음을 피하게 하는 것이다. 적어도 나는 그것을 잊은 적이 없다.

항상 가는 공원 벤치에 앉아 있는 그녀의 환영이 늘 나의 안식처가 되어주었다. 그런 스즈 씨의 죽음을 막겠다는 사명이, 아마 나에게 주어진 최대 과제일 것이다.

"문제는 그 일이 언제 일어나냐인데…."

환영 속 스즈 씨는 쇼트커트에 겨울 재킷과 긴 플레어스커트를 입었다. 같은 겨울이지만 지금의 스즈 씨와는 스타일이 전혀 다르니 어쩌면 내년 겨울까지 여유가 있을지도 모르겠다. 지금까지 계속 투명한 상태여서 솔직히 전혀 예측되지 않는다. 어찌된 영문인지 스즈 씨의 환영은 처음 보았을 때부터 희미한 채로 거의 변하지 않았다.

그래서 지금은 환영에서 보이는 겉모습으로 짐작해 보는 수밖에 없다. 스즈 씨는 특이한 사람이라 한여름에 겨울 재킷을 입었을 가능성도 있다. 그 정도는 하고도 남을 사람이다. 나를 괴롭히려는 의도로밖에 안 보이지만.

…만약 앞으로 남은 기간이 1년이라면.

긴 듯하면서도 짧은 기간이다. 그사이에 나는 스즈 씨의 환영을 해결할 방법을 찾아야 한다.

조금 더 현실적인 방법은 스즈 씨 말고 다른 협력자를 얻는 것이다. 대상이 스즈 씨인 이상, 그녀 자신의 행동은 이미 환영에 반영되어 있을 것이다. 관측자인 내 행동도 마찬가지다.

그러니 다른 계기로 전환점을 만들어야 한다.

"다른 누군가라…."

그런데 또 누가 이런 터무니없는 이야기를 믿어줄까.

지금까지 환영에 관해 들은 사람은 모두 나를 어처구니없는 눈으로 보며….

『오…, 그런 게 보여? 대단하네.』

문득 어떤 목소리가 머릿속에서 울렸다.

모르는 목소리⋯, 아니, 아니다. 나는 그 목소리를 들어본 적이 있었다.

"이건⋯."

입안으로 중얼거리며 고민하는 내 손을, 스즈 씨가 갑자기 잡았다. 생각이 중단된 나는 잡힌 손을 힐끔 보았다.

"왜 그래?"

"이거 좀 봐봐."

스즈 씨가 가리킨 것은 도로에 맞닿아 있는 작은 잡화점의 쇼윈도였다. 거기에 지금은 손을 잡은 우리 둘이 비치고 있었다. 그 뒤에서 신입사원인 듯 회색 정장을 입은 청년이 지나갔지만, 그녀가 가리키는 것은 우리 쪽이었다.

나는 기뻐 보이는 쇼윈도 속 스즈 씨에게 물었다.

"응. 비치네. 그게 왜?"

"⋯흥. 카미나가 반응 재미없어⋯."

"어떤 반응을 기대한 거야⋯."

"뭔가 조금 더⋯, 우리가 어떻게 보인다든지."

"구명단으로 보이지 않아?"

"두 명은 단체가 아니라고 하더니!"

스즈 씨는 불만스럽게 툴툴댔지만, 그 변덕을 언제나 늘 받아줄 수는 없다. 사실 늘 받아주지 않았지만, 오늘도 마찬가지다. 아마 영원히 변하지 않을 것이다.

나는 스즈 씨와 손을 잡은 채 걸어갔다. 사람도 차도 다니지 않는 길에 그녀의 또랑또랑한 목소리만 울렸다.

"요즘 이 주변에서는 환영이 별로 안 보이는 느낌?"

"응. 원래 인적이 많지 않은 곳이니까. 뭔가 보이면 구명단이 바로 해결하기도 하고."

"성과가 눈에 보이니까 사기가 오르네. 아, 나한테는 안 보이지만."

"그러게."

'그들'은 내 눈에만 보인다. 그래서 극단적으로 말하면, 나는 보이는 환영을 두고 '그런 건 존재하지 않는다'라고 거짓말을 할 수도 있다.

하지만 스즈 씨는 현재 그런 쪽으로 나를 의심하지 않는 것 같다. 그래서 나도 구태여 거짓말을 하진 않는다. 언젠가 그런 수를 써야 할 때가 올 수도 있다고 생각하지만, 그 언젠가는 아직 오지 않았다.

간간이 부는 차가운 바람에 나는 코트 깃을 세웠다.

"스즈 씨가 시간 되면 다른 데 또 가도 돼. 아, 근데 이제 12월이라 시험 같은 게 있으려나?"

"대학교 시험은 새해 되고 나서 치니까 괜찮아.(일본 대학은 주로 봄학기가 4월에서 7월, 가을 학기가 10월에서 1월이다. - 옮긴이) 근데 카미나가, 사람이 너무 많은 곳에 가면 그건 그거대로 힘들지 않아?"

"뭐, 그렇지."

도심에 있는 번화가에서는 아무래도 사람이 많은 만큼 환영의 수도 많아진다.

"솔직히 인파 속에 있으면 현실의 인간과 환영을 제대로 구별

하기 힘들어. 사람인 줄 알고 피하려고 했는데 환영인 적도 있었고, 인파 속에서 갑자기 끔찍한 광경을 본 적도 있어. 그런 건 역시 심장에 나빠."

그래서 나는 기본적으로 그런 사람 많은 곳에는 가지 않는다.

예외는 물론 있지만…. 그건 대체 언제였을까.

분명히 아주 맑은 날이었다. 장소는…, 이케부쿠로였나? 여전히 잘 생각나지 않았다.

다만 사람이 많아서 차도에 넘치도록 걸어 다녔고…, 하지만 그때는…, 이상하게도 차도가 한산해서…,

왜냐하면, 그건….

"…으윽."

갑자기 머리가 욱신거렸다. 조금 전에도 느낀 가슴의 소란스러움이 퍼져 나간다.

눈꺼풀 안으로 낯선 광경이 스쳤다.

대낮의 거리, 아스팔트 위에 퍼지는 피 웅덩이.

하얀 선이 그어진 횡단보도.

사람들의 비명이 들렸다. 여기저기서 사람들이 쓰러졌다.

그들을 도우려고 분주한 사람들과 도망치려고 허둥대는 사람들.

바닥에 누워 움직이지 않는 뒷모습. 흘러넘치는 피.

그때, 나는 대체 뭘.

그리고 '그'는….

"카미나가?!"

비명 섞인 목소리가 내 이름을 불러서 천천히 눈을 들었다.

거기에는 스즈 씨가 있었고, 걱정스럽게 나를 지켜보고 있었다. 그녀의 두 손은 어느새 내 어깨를 붙잡고 있었다.

"어라…. 미안. 멍하게 있었나 봐."

"갑자기 멈춰서 깜짝 놀랐어. 그리고 얼굴이 너무 별로야."

"…그 말이 별로다."

안색이 나쁘다고 할 수도 있었지 않나.

나는 축축하게 땀이 밴 이마를 손으로 닦으려고 했다. 스즈 씨가 알아차리고 손수건을 빌려주었다. 보송보송한 분홍색 타월 손수건에는 새끼 돼지 자수가 놓여 있었다. 꼭 유치원생의 물건 같다. 나는 나도 모르게 웃음을 터뜨리며…, 무의식적으로 잠시 멈췄던 숨을 내뱉었다.

"고마워. 빨아서 돌려주면 돼?"

"그대로 줘도 돼. 카미나가는 빨래 같은 거 안 하잖아?"

"세탁기 정도는 돌릴 수 있어…. 물이랑 세제를 넣고 버튼만 누르면 되잖아."

"그 발언으로 이미 아웃이야."

"…"

뭐가 잘못된 것일까. 세제를 넣는 순서 같은 게 있었나?

아무튼 집안일을 엄마에게 전부 맡기는 것은 사실이다. 나는 손수건을 가방에 넣고 기분을 전환하려고 했다.

하지만 그래도 몸은 바로 전환되지 않았다. 뇌리에서 그 영상이 어른거린다. 그러고 있으니 무리하게 삼킨 자갈 여러 개가 위 속에 쌓이는 것 같았다. 우울을 끌고 나아가는 발걸음이 불안정해서 나는 아무것도 없는 길 위에 멈춰 서고 싶어졌다.

걸음이 느려지는 것을 느끼고 스즈 씨가 나를 살펴보았다.

"정말 왜 그래? 한겨울인데 열사병 같은 거야?"

"아무리 그래도 그건 아니지. 그냥…, 조금 속이 안 좋아서 그래."

방금 그 영상, 꼭 백일몽을 꾸는 것 같았다.

조금 더 정확히 말하면 그건 그야말로 악몽이다. 기억을 되살리려고 애쓰면 곧바로 안개처럼 흩어질 것 같고, 아무것도 하지 않는다고 해도 역시 사라져 버릴 무언가…. 내가 무의식중에 '그렇게 되기를' 바란 무언가다.

나는 땀으로 차가워진 손바닥을 꽉 쥐었다.

"괜찮아. 그냥 조금 현기증이 났어."

"정말? 알고 보니 불치병이 있다거나, 그런 건 아니지?"

"아니야. 건강해, 건강해. 엄청 건강해."

건성으로 대답하고 또다시 고개를 떨군 나는 스즈 씨가 갑자기 손을 잡아당겨서 넘어질 뻔했다. 허둥지둥 균형을 잡고는 비난 섞인 목소리를 높였다.

"뭐야, 위험하잖아!"

"아, 나를 봐줬다."

커다란 눈동자, 사랑스러운 얼굴이 활짝 피었다.

그것은 마치, 태양 같았다.

타인의 선의를 의심하지 않는 눈빛. 자신의 의지를 뱉는 입술이 온화하게 미소 지었다.

"괜찮아. 내가 옆에 있어. 혼자가 아니야."

"…."

"카미나가는 그렇게 앞을 보는 게 훨씬 좋다니까. 봐, 이러니까 넘어지지 않잖아."

"방금 넘어질 뻔한 건 스즈 씨 때문이잖아."

"그러네!"

아, 안 되겠다. 이 사람은 주눅 들지를 않는다.

하지만 그 미소는 화를 돋우지 않는다. 오히려 그 반대다.

그녀의 말은 언제나 나를 구원해 준다. 고개를 떨구고 멈춰서 버릴 것 같을 때, 앞을 향하게 해준다. 이것은 그녀의 천성이리라.

나는 따뜻한 손을 꽉 쥐었다.

이 손을 잃지 않으려면 어떻게 해야 할까. 지금까지도 계속 실패를 거듭하다가 그녀의 손을 빌려서 마침내 조금씩 사람을 구할 수 있게 되었는데.

아아…, 어쩌면…, '그'라면.

나는 눈을 크게 떴다.

머리에 떠오른 내용은 단순했다. 스즈 씨 말고 다른 협력자를 찾는 것. 결국 그뿐이다. 성공률은 알 수 없고, 애초에 '그'를 찾을 수 있을지도 확실치 않다.

그래도 혹시, 한 번 더 '그'를 만날 수 있다면.

가능성은 분명 생겨날 것이다.

확실히 길이 보여서 나는 남몰래 숨을 돌렸다.

"알았어. 조심할게. 스즈 씨랑 같이 있으면 더 위험하니까."

"응? 나는 안 넘어지는데?"

"지나가던 개가 웃겠다."

스즈 씨라면 평평한 곳에서도 나를 말려들게 하며 넘어질 것 같았다.

반창고가 감긴 손가락을, 나는 고쳐 쥐었다. 그 확실함에 힘을 얻어서 입을 열었다.

"저기…, 내 과거 기억이 애매하다는 얘기는 전에도 했었지?"

"응."

"그런 기억은 기본적으로 생각이 안 나는데, 가끔 꿈에 나올 때가 있어. 내용은 대부분 잠에서 깨어난 순간 잊어버리지만…."

눈을 떴을 때 느껴지는 그 기분을 남에게 제대로 전달할 자신이 없다.

내게 아주 중요한 것을 잃어버린 것만 같은 그 절망감을.

그런데 그게 무엇인지 떠오르지 않는다. 다만 '없다'는 사실만

안다. 그것이 내 잘못으로 사라졌고, 나아가 내 나약함 때문에 기억에서 지울 수밖에 없었다는 것도.

그런 아침은 정말이지 최악이었다. 최악이지만, 전부 내 탓이었다.

"요즘 그런 꿈의 단편이, 깨어 있을 때도 가끔 느껴지곤 해. 백일몽처럼 명확하지는 않지만, 플래시백이라고 할까…."

그러나 이렇게까지 명확하게 느껴진 것은 이번이 처음이었다. 스즈 씨를 만나고 환영을 상대하게 된 뒤로 나에게도 변화가 생긴 것일까.

말을 하다가 멈춘 나를 보고 스즈 씨는 눈을 살짝 크게 떴다.

"혹시 뭔가 생각났어?"

"생각났다고 할 만큼 명확하지는 않아. 그냥 조각난 영상이야. 그게 어떤 사건인지까지는 모르겠어. 하지만…."

그쯤에서 나는 내 안에 있는 열리지 않는 서랍을 돌아보았다. 굳게 닫힌 그곳은 '그'의 이름을 가르쳐주지 않았다.

나는 열을 품은 눈꺼풀을 닫았다.

"하지만 거기에는 내 말을 믿어준 사람이 있어. 어렴풋하지만 느껴져."

나와 함께 달려준 사람. 예전 언젠가 내 옆에 있어 준 '그'가 바로 그 사람이다.

무슨 일이 있었든, '그'와 관련된 기억을 떠올리지 못하는 내가 정말 한심스러웠다.

"떠올리지 못하는 건 내가 나약해서라는 걸 알아."

"카미나가, 그건…"

"괜찮아. 사실이니까. 하지만 앞으로…, 뭔가 잘못되면 스즈 씨에 대한 것들도 이렇게 잊어버리려나, 싶어서…"

그 손을 잡지 못하고, 구하지 못한 채로 끝난다면.

나는 또다시 그녀에 관한 모든 기억과 함께 쓰라린 실패를 봉해버릴지도 모른다.

하지만 그건, 있어서는 안 될 일이다.

"나로서는 스즈 씨처럼 천방지축인 사람을 잊어버리기는 어렵다고 생각하지만, 세상에 절대라는 건 없잖아. 가능하면 보험을 들어 놓고 싶어."

"보험?"

"응. 내가 만약 예전에 나에게 협력해 주던 '그'를 기억해 낸다면…, 다시 한번 부탁해 보려고. 나를 믿고 도와달라고."

고개를 숙이며 간청할 것이다. 솔직하게 말할 것이다. '스즈 씨를 구해달라'고.

상대는 당황할지도 모르지만, 필사적으로 부탁하면 분명 힘을 빌려줄 것이다.

똑똑히 기억나지는 않아도 안다. '그'는 그런 사람이었다.

그러니 부디 한 번만 더 내 억지 부탁을 들어달라고.

나와 함께, 부디.

스즈 씨는 한동안 아무 말도 하지 않았다.

그녀가 이렇게 조용하다니 드문 일이다. 나는 그녀의 얼굴을 바라보았다.

"스즈 씨? 왜 그래?"

"아, 아니. 아무것도 아니야. …그냥 기뻐서."

"기뻐? 뭐가?"

"카미나가가 자기 일에 스스로 나서서 전진하려고 하는 게."

"전진이라…, 과거 일이니까 후진 아닌가?"

내가 견디지 못하고 지워버린 과거의 기억을 떠올리려고 하는 것이니 마이너스에서 시작하는 셈이다. 그러니 정확히 말하면 기억해 내야 비로소 플러스마이너스 제로다. 지금은 아직 거기까지 가지 못했다.

그러나 스즈 씨는 쓴웃음을 짓는 나를 향해 고개를 저었다.

"그렇지 않아. 근데 괜찮아? 떠올리려고 하면 힘들지 않겠어?"

"힘들겠지만…, 역시 언젠가는 마주해야 할 것 같아."

적어도 '그들'을 외면하며 살지 않고 '그들'을 구하려고 한다면, 나는 과거의 실패까지 들여다봐야 한다. 거북이걸음이라도 반드시 나아가야 할 길이다.

"게다가 만약 내가 나중에 스즈 씨를 잊어버리면 역시 화날 것 아니야? 같이 이렇게 많은 일을 했는데. 그러니까 '그'도 확실히 기억해 내서 사과하러 갈래. 미안하다고, 고맙다고."

그 정도로 용서받으리라고는 생각하지 않지만, 다시 한번 마주할 수 있다면 마주하고 싶다. '그'와 다시 대화하고 싶다. 이번에야말로 진짜 친구로서.

그런데…, 아주 꼴사나운 말을 해버린 것 같다.

창피해진 나는 스즈 씨에게서 눈을 피했다. 괜히 길가에 있는 담벼락을 보며 걷는 나에게, 아름다우리만치 다정한 목소리가 들렸다.

"나는 카미나가가 나를 잊어버려도 화나지 않아."

벤치에 앉은 그녀가 떠오르는, 온화한 목소리.

겨울 공기에 녹아드는 울림. 스즈 씨가 미소 짓는 기척이 느껴졌다.

"그렇게 해서 카미나가가 우울해하거나 슬퍼하지 않고 행복하게 살 수 있다면 괜찮아."

"…마음이 너무 넓네."

꼭 성자 같은 말을 한다. 그렇게 나오니 오히려 어떻게 해야 할지 모르겠다. 잊어버리지 말라고 못을 박아줬으면 마음이 더 편했을 텐데.

나는 어쩐지 독기가 빠져서 볼을 긁적였다.

"스즈 씨는 왜 누구한테나 그렇게 친절해? 자기만 손해야."

"누구한테나 그러지는 않아. 카미나가라서 그런 거야."

"뭐? 왜?"

뭘까. 점점 더 의미를 모르겠다.

이상한 함정 같은 것일까. 반사적으로 경계 태세를 취하며 두 손을 드는 나를 보고 스즈 씨는 눈을 동그랗게 떴다.

그러다가 이내 그녀는 환하게 웃음을 터뜨렸다.

"처음부터 카미나가는 원래 알던 사람 같았어."

"그건 나돈데."

"텔레파시 통했네. 아싸!"

"뭐가 아싸인데…."

아이처럼 기뻐하는 그녀는 내가 시선을 피하려 한 순간, 문득 울적하게 시선을 내렸다. 그 눈에 깃든 감정을 보고 나도 모르게 숨을 멈췄다.

누군가를 떠나보낸 적이 있는 사람의, 아픔을 삼키는 눈빛.

그런 스즈 씨의 얼굴은 처음 본다. 놀란 나를 알아차리지 못한 채 그녀는 엷게 미소 지었다.

"그러니까…, 그 사람을 기억해 내지 못해도, 그 사람은 화내지 않을 거야. 그렇게 해서 네가 행복하면, 그걸로 됐다고 할 거야."

"…스즈 씨."

"오히려 이렇게 기억해 내려고 해줘서 기뻐할걸."

그렇게 말하며 나를 보는 그녀는 이미 평소처럼 그늘 없는 스즈 씨였다. 그 미소에는 후회나 슬픔이 없었다. 그녀는 그런 것을 다른 사람에게 드러내지 않는다. 자신이 품은 상실감을 드러내지 않은 채 웃는 얼굴로 "사람들을 구하자!"라고 말한다. …그런 사람이었다.

그래서 나도 아무것도 묻지 않은 채 고개를 끄덕였다. 그녀다운 영문 모를 말을 영문도 모른 채 받아들였다.

이런 순간에 재치 있는 말 한마디도 못 하는 내가 그저 원망스러웠다.

이윽고 길 끝으로 여대 캠퍼스의 숲이 보였다.

버스도 지나다니는 도로변에는 우리처럼 통학하는 여대생이 여러 명 걷고 있었다. 나는 옆에 있는 그녀에게 물었다.

"스즈 씨 강의는 3교시부터였지?"

"응. 오늘은 내가 발표하는 날이 아니라서 괜찮아. 일단 예습은 해왔지만. 어려워서 세 시간 걸렸어…."

"대학생도 꽤 고생스럽겠네."

"그래도 재미있어! 카미나가한테도 추천!"

"공부가 재미있었던 적은 아직 없는데…."

나는 등교를 거부할 정도니까 추천을 받아봤자 귀만 아프다. 그보다 대학교에 너무 자주 결석하면 제적당하지 않나. 이건 나도 잘 모르겠다. 나중에 알아봐 두는 게 좋을 것 같다.

아무튼 그건 그렇고, 나는 스즈 씨에게 대꾸했다.

"뭐, 조만간 공부도 할게. 조금 더 여유가 생기면."

스즈 씨와 있으면, 그것도 언젠가 가능해질 것 같다. 왠지 당사자에게는 말하고 싶지 않지만. 스즈 씨가 들으면 묘하게 들뜰 것 같아서.

그녀는 잠시 생각하듯 겨울 하늘을 올려다보았다.

그리고 혼자 수긍한 듯 고개를 끄덕였다.

"그래. 지금은 신경 쓸 게 많으니까."

"심려 끼쳐서 죄송합니다."

나는 비어 있는 손으로 조금 길어진 머리를 헝클었다. 차가운 하늘은 삐끗대는 우리 위에서도 평등했다. 스즈 씨는 정문 근처까지 와서 나에게 말했다.

"아, 옛날 일을 떠올리려는 시도는 나랑 같이 있을 때 해."

"왜?"

"왜냐하면 뭔가 잘못돼서 '나는… 누구지…?' 하면 안 되잖아."

"그럴 일 없어. 그거 혹시 뭐 흉내 내는 거야?"

"명작이야. 나는 리메이크판을 살 예정이라고."

"그러니까 뭔가 원본이 있다는 거잖아…"

스즈 씨는 제법 취미가 많아서 수수께끼 같은 말을 할 때도 있다. 소설도 읽지만 만화나 게임도 좋아하는 것 같다. 나는 그쪽 분야는 잘 모른다.

"근데 기억해 내려고 한다고 기억난다는 보장은 없으니까 그건 대충 넘어가자."

"으음, 그래도 걱정되니까 약속하자. 약속, 자, 손가락 걸어!"

"만에 하나 약속을 어기게 돼도 이상한 벌칙은 안 받을 거야."

나는 변함없는 막무가내를 적당히 상대하며 이야기를 끝냈다. 그런데도 스즈 씨는 하고 싶은 말이 더 있는 듯했지만, 이미 정문 앞이었다. 수업에 들어가는 그녀와 거기서 헤어진 나는 항상 가는 공원으로 향했다.

여대 뒤편이라 인적 없는 주택가를 유유히 걸었다.

"말은 그렇게 했지만, 가능하면 스즈 씨가 없을 때 떠올리고 싶단 말이지."

잊어버릴 만한 이유가 있었던 기억을 떠올리는 과정이다. 울거나 소리를 질러도 이상하지 않으니, 되도록이면 스즈 씨에게 그런 모습을 보여주고 싶지 않았다.

"그런데 구체적으로 어떻게 해야 기억이 날까."

플래시백의 파편에 의식을 집중해 볼까. …하지만 그건 조금 위험한 느낌도 든다.

"그거 말고 뭔가…."

당시의 일을 알 수 있는 것이 어딘가에 남아 있지 않을까.

그렇게 생각하던 나는…, 갑자기 책상 밑에 있던 그 캔이 떠올랐다.

테이프로 칭칭 감은, 내 이름만 적힌 캔. 그 엄중함으로 보아, 안에 든 물건은 아주 중요한 것이 아닐까.

"…일기 같은 건가?"

그렇다면 그것을 열어보면 진전이 있을 것이다. 봉해진 물건을 건드리는 데에는 솔직히 거부감이 있지만… 생각나는 다른 단서가 없다.

"사실 조금 더 일반적인 것부터 떠올리고 싶었는데…."

스즈 씨와 여기저기 먹으러 돌아다니듯이 '그'와도 그런 당연한 시간이 있었을 것이다. 건드리려고 해도 건드릴 수 없는, 그저 '있었던 것 같다'는 공백만이 분명하게 내 안에 있다.

그리고 그것은 아주…, 슬픈 일이다.

이 공백을 내가 자각하는 한, 나는 정체를 알 수 없는 후회를 계속 품고 살아갈 것이다. 그런데도 행복해할 수 있는지는 사람마다 다르다.

"…기억해 내고 싶다."

무의식적으로 툭 뱉은 말에 나는 스스로 놀랐다.

스즈 씨를 구하고 싶다는 마음도 물론 있지만, 역시 나는 기억해 내고 싶었다. 그리고 또다시 '그'를 만나고 싶었다.

이렇게 생각할 수 있게 된 것은 그녀 덕분이다.

그녀 덕분에 앞을 볼 수 있게 되었다. 과거를 보는 것은 언뜻 후진으로도 보이지만, 나에게는 역시 전진이다.

나는 고개를 들고 주택가 골목을 꺾었다.

그리고 거기서…, 걸음을 멈췄다.

"뭐야, 저거…."

조금 앞에 있는 길모퉁이를 왔다 갔다 하는 사람 형체.

자세히 보니 아기를 안은 젊은 여성이다. 그녀는 마치 반복 옆뛰기를 하듯이, 모퉁이 너머로 사라졌다 나타났다 했다. 금방 이해하기 힘든 광경에 나는 얼굴을 찌푸렸다.

"육아 노이로제로 인한 이상 행동…, 같은 건가?"

그렇다면 안타깝기는 하지만, 어떻게 해야 할지 모르겠다. 가능하면 일단 이야기 정도는 들어볼까.

하지만 그렇게 생각한 나는 곧 그것이 착각이었음을 깨달았다.

"저건…"

숨을 삼켰다.

이상하다고 생각했을 때 이미 나는 달리고 있었다. 우왕좌왕하는 아기 엄마 바로 앞에서 걸음을 멈췄다.

하지만 상대는 갑자기 달려온 나에게 아무런 반응도 보이지 않았다.

당연했다. 그녀는… 환영이었으니까.

"…거짓말."

죽는 순간을 계속해서 반복하는 '그들'의 모습.

환영을 몇 번이나 봐온 내가 나도 모르게 그런 말을 뱉은 이유는, 명백히 비정상적인 사태였기 때문이다.

그녀는 아기를 안고 있었다.

그것은 다시 말해, 이 작은 젖먹이도 엄마에게 안긴 채 죽는다는 뜻이었다.

"큰일인데…"

멀리서 보고 실제인 줄 착각했을 정도의 농도다. 그리 멀지 않은 일이다.

대체 언제 현실이 될까. 같이 의논하고 싶지만, 스즈 씨는 오늘 6교시까지 강의가 있다고 들었다. 나는 아직 높이 떠 있는 해를 올려다보았다.

우선 원인을 찾는 게 급선무다.

그렇게 자신을 타일렀다. 원인을 모르면, 어떻게 할 수도 없었다.

물론 잘못 생각해서 원인을 착각하지 않도록, 어느 정도는 유연하게 준비해야겠지만 선택지를 좁힐 필요는 있었다.

나는 스마트폰을 꺼내서 길모퉁이 사진을 한 장 찍었다. 당연히 환영은 나오지 않았지만, 알고 찍은 것이다. 나는 스마트폰을 집어넣고 다시 아기와 엄마의 환영을 가만히 주시했다.

시작은 모퉁이 저편을 걷는 모습이다.

아기를 안은 엄마가 길가에서 문제의 모퉁이를 향해 걷는다. 거기에 이상한 부분은 없다.

이변이 일어난 것은 아기 엄마가 무언가를 알아차리고 뒤를 돌아본 이후다.

그녀는 처음에 뒤돌아봤다가 금방 다시 앞을 본다.

뒤에 보이는 것이 대수롭지 않았나 보다. 그런데 아기 엄마는 잠시 무언가를 생각하다가 다시 한번 뒤를 본다.

그리고 이번에는 움찔하며 굳는다.

"뭘 봤지…?"

투명하지만, 표정 변화는 잘 보인다. 처음에 뒤돌아본 아기 엄마는 '무언가'를 보고 그것을 '평범한 것'이라고 판단했다.

하지만 역시 이상함을 느끼고 재차 확인했다. 그리고 아마 겁을 먹은 것 같다.

아기 엄마는 아기를 안은 채 뛰어서 모퉁이를 돌았다.

거기서도 다시 한번 방향을 바꾼다.

멀리서 반복 옆뛰기로 보인 이유는 환영이 반복되어서만은 아니고, 이 움직임도 한몫한 것 같다. 그녀는 일단 걸음을 돌려서 두세 보 되돌아갔다가 또다시 모퉁이에서 꺾으려고 한다. 그때 크게 눈을 떴다가, 벽 쪽으로 휘청거린다.

그녀는 아기를 안은 채 한 번 크게 떨고 잠시 경직됐다가 천천히 무너져 내렸다.

이해가 될 듯 말 듯 한 움직임에 나는 고민했다.

"…전혀 모르겠는데."

뭘까, 이건. 솔직히 말하면 사인을 모르겠다.

대체 왜 아기까지 죽게 되는 걸까. 언뜻 보기에는 아기 엄마가 아기를 안은 채로 쓰러진 느낌인데…

이게 돌담이었다면, 벽에 머리를 부딪쳤나 했겠지만, 이 모퉁이는 산울타리로 되어 있었다. 머리를 부딪쳐도 기껏해야 나뭇가지에 여기저기 긁히는 정도일 테고, 애초에 그다지 손질되지 않은 것처럼 커다란 구멍투성이였다. 초등학교 남자애들이 좋아할 것 같다.

"어쩌지… 시간이 없는데."

스즈 씨에게 의견을 들어보고 싶은 마음도 있지만, 솔직히 스즈 씨가 한 추리는 들어맞은 전례가 없었다. 내 적중률은 80퍼센트지만, 나 혼자서 환영을 뒤집을 수도 없었다.

나는 아기 엄마가 쓰러지자마자 바로 옆에 쪼그려 앉았다.

예의는 아니지만, 죽음에 이르기 전 마지막 순간을 자세히 관찰하려는 의도였다.

그리고 눈에 들어온 것은 갑작스럽게 죽음을 맞는 사람들이 예외 없이 짓는 표정이었다.

놀람과 공포.

"발작 같은 건가…? 아니, 그렇다기에는….''

나는 주변 풍경을 둘러보았다. 주택가 한복판인 이곳에는 주민들이 대부분 일하러 갔는지 인기척이 없다. 아무도 없는 벌건 대낮이다.

길도 그리 넓지 않고, 인도는 없고, 차도에도 중앙선이 없다. 조금 큰 차량끼리는 어느 한쪽이 가장자리에 붙지 않으면 지나가기도 어려울 것 같다.

"…교통사고인가?"

이런 장소에서 가능성이 있는 것은 그 정도다. 아기 엄마가 잠깐 돌아봤을 때 개의치 않은 것도, 모퉁이를 왔다 갔다 한 것도, 상대가 차라고 생각하면 설명이 된다. 그녀는 처음에 달려오는 차를 보고 가벼운 위화감을 느꼈을 것이다. 그래서 다시 한번 뒤돌아보았다.

그리고 아마, 운전석이 이상함을 감지했을 것이다. 모퉁이를 왔다 갔다 한 이유는 쫓아오는 차를 피하기 위해서였다. 아기 엄마가 쓰러지는 모습이 조금 부자연스러워 보이지만, 시간이 없으니 가장 가능성이 커 보이는 가설에 기대를 걸 수밖에 없다.

"이건…, 어떤 패턴이면 막을 수 있을까…"

교통사고를 막은 적은 지금까지도 몇 번 있다. 스즈 씨를 처음 만났을 때 구한 여고생부터, 오늘 구한 주부까지. 당연하지만 기본은 '어떻게 가해자와 피해자를 떨어뜨려 놓느냐'다.

"…좋아."

일단 할 수 있는 일을 해야 한다.

나는 가방에서 노트를 꺼내서 한 장을 찢어 '차 조심!'이라고 적었다. 모퉁이 저편, 아기 엄마가 뒤돌아보는 지점보다 더 가까운 쪽에 있는 울타리 가지에 꽂았다.

노트에 직접 손으로 써서 붙인 벽보라니 지극히 수상하지만, 그래서 오히려 더 눈에 띌 것이다.

하지만 나의 거의 모든 행동은 환영에 이미 반영되어 있다. 그래서 나는 스마트폰을 꺼내서 스즈 씨에게 메시지를 보냈다.

(긴급) 카미나가
학교 뒤편 주택가에서 아이와 함께 있는 여자 환영 발견. 시간상 여유가 거의 없으니 이 메시지 확인하면 바로 와줘.

그리고 나는 마지막으로 현재 위치 정보를 입력했다.

그녀가 언제 이 메시지를 확인할지, 확인하고 언제쯤 여기에 와줄지는 모른다. 하지만 언제까지고 스즈 씨에게 기댈 수만은 없다. 예상보다 갑작스럽지만, 여기가 분기점이다.

나는 아기 엄마가 나올 길 끝을 향해 걸어갔다.

환영이 이렇게나 짙으니 여기서 너무 멀어지지 않는 것이 좋을 것 같다. 아마 현실이 되기까지 길어도 두 시간 정도가 아닐까. 적어도 아기를 데리고 산책하러 나온다면 해가 높이 떠 있을 때를 선택할 것이다.

"일단 아직은 안 보이는데…."

가능하면 먼저 아기 엄마를 붙잡고 싶다. 이곳을 중심으로 주변을 죽 돌아보는 것이 좋겠다.

나는 환영이 보이는 모퉁이를 뒤돌아보며 다음 골목 모퉁이를 돌았다.

다행히 이 동네는 건물들이 격자형 구조로 지어져서 현재 위치를 파악하기 쉬웠다. 나는 아기 엄마를 찾으며, 늘어선 단독주택을 살폈다.

아이가 있는 집인지에 주목했다. 베란다나 정원에 걸린 빨래를 확인해 나갔지만, 애초에 그런 생활감이 느껴지지 않는 집도 많았다.

또 모퉁이를 돌았다. 길 끝에는 포메라니안을 산책시키는 노인이 있었다. 복슬복슬한 털 뭉치가 길을 걷는 모습에 이런 상황인데도 마음이 조금 평온해졌다. 나는 그때 문득 생각난 것이 있어서 노인에게 달려갔다.

"저기, 실례합니다. 이 주변에서 아기를 안은 젊은 여자분 못 보셨어요?"

"아기를 안은 여자?"

"네. 방금 손수건 떨어뜨리는 걸 봤는데, 쫓아가려고 하는 사이에 놓쳐서…"

나는 가방에서 분홍색 타월 손수건을 꺼냈다. 스즈 씨에게 좀 전에 빌린 것이지만, 정말로 어린 자녀가 있는 엄마의 물건으로 보였다.

노인은 수긍한 듯 고개를 끄덕였다. 그러나 돌아온 대답은 기대에 미치지 못했다.

"확실히 이 주변에서 자주 산책하는 아기 엄마가 있는데, 오늘은 아직 못 봤어."

"아, 그렇군요. 감사합니다."

흐음. 아쉽다. 하지만 답에 접근한 느낌이 든다. 나는 다음 모퉁이를 돌아서 원래 장소로 돌아가려고 했다.

그런데 그때, 길 끝에서 익숙한 목소리가 들렸다.

"카미나가!"

"어? 스즈 씨…"

거기에 있는 사람은 수업에 갔어야 할 그녀였다. 그녀는 종종걸음으로 달려와서 말했다.

"휴강이라 메밀국수를 먹고 있었는데 메시지가 왔길래 와봤어."

"고마워. …근데 아까 나랑 점심 먹지 않았어?"

"메밀국수는 밥이 아니야."

"밥이야! 엄연한 탄수화물이야! 게다가 아까도 면 먹었잖아!"

무슨 소리를 하는 걸까, 이 사람은. 그렇게 먹으면서 용케도 지금의 몸매를 유지하고 있군.

그래도 덕분에 살았다. 나는 놀란 노인을 모르는 체하며 재빨리 지시했다.

"아까 메시지로 보낸 좌표가 사건 현장이고 교통사고가 아닐까 싶어. 시간상 여유가 많지 않은 것 같아."

스즈 씨가 와줬으니 얼마든지 막을 방법이 있다. 내가 긴장하면서도 조금 안심했을 때, 뒤에 있던 노인이 갑자기 소리를 질렀다.

"어? 이놈아! 칸타!"

줄이 빠졌는지 목걸이만 찬 포메라니안이 쏜살같이 달려 나갔다. 내가 온 길을 따라 반대로 도망가는 개를, 노인이 허둥지둥 쫓아갔다.

나와 스즈 씨는 시선을 교환했다. 내가 곧장 결단을 내렸다.

"내가 잡을게. 스즈 씨는 반대쪽으로 가. 메시지로 보낸 좌표에서 만나자."

"알았어! 힘내!"

"스즈 씨는 차 조심해. 무모한 행동 하지 말고."

나는 그 말만 남기고 노인의 뒤를 쫓았다. 포메라니안은 엄청난 속도로 앞쪽 모퉁이를 돌았다. 나는 개 주인을 앞질러서 포메라니안과 거리를 좁혔다.

그때, 어디선가 희미하게 여자 목소리가 들렸다.

"——아…"

"응?"

잘못 들었나? 뭐라고 했는지 잘 모르겠다.

나는 포메라니안과 같은 모퉁이에서 오른쪽으로 돌려고 하다가….

"으악!"

왼쪽에서 경차 밴이 달려왔다. 좌우를 확인하지 않고 뛰쳐나가려던 나는 하마터면 차에 부딪힐 뻔했다.

하지만 어찌어찌 뒤로 잽싸게 피했다.

이러다가 포메라니안이 치이는 거 아니야?! 게다가 밴이 달려간 방향은 문제의 모퉁이다. 스즈 씨라면 차를 경계하겠지만.

그 직후, 브레이크 소리가 들렸다. 예상대로 포메라니안이었다. 자세를 바로잡으며 모퉁이를 돈 내 눈에, 달려서 사라지는 은색 밴의 뒤꽁무니가 보였다.

그리고 나는 밴이 지나간 모퉁이를 보았다.

"…어?"

평범한 주택가.

하지만 내 눈에만은 비정상적으로 비쳤다.

무슨 일이 있어서 비정상이 아니다. 있었던 것이 없어져서 이상하다.

"어째서…."

차를 피해 도망친 포메라니안을 노인이 쫓아갔다. 나는 그가 달려가는 끝, 울타리가 있는 모퉁이를 멍하니 쳐다보았다.

거기에는 이젠 일인지, 있어야 할 환영이 보이지 않았다.

9

『역시 위험한 환영이 있는 것 같아.』

『위험한 환영?』

그런 말을 '그'가 했다. 눈앞에 있는 연못에는 물결 하나 없다.

늘 앉는 벤치에 앉은 우리는 다코야키를 먹으면서 여유로운 시간을 보냈다. 하지만 '그'는 드물게 무언가를 곰곰이 생각하는 듯했다.

『너는 계속 옅은 환영들의 공통점이 뭐라고 생각해?』

『…모르…겠는데.』

내가 대답했지만, 그 이후로 '그'는 말이 없었다.

하늘에 구름이 흘러갔다. 연못 수면에는 새가 내려앉았다.

평온하던 나날.

우리는 그 후 어제 본 TV 이야기를 하며 다코야키를 먹었다.

내일 약속은 하지 않았다. 그래도 만날 수 있다고 생각했으니까.

그런 시간을 당연하게 거듭하던 그 시절, 나는 확실히…, 행복했다.

○

"어떻게 된 거지…."

그 길모퉁이에서 이동해 늘 가는 공원에 도착한 우리는 벤치에 앉아 있었다.

나는 머리를 싸매고 신음했다.

"그 환영은 잘못 본 거였나…? 알고 보니 진짜 유령이었다든가…. 아니, 그럴 리가."

"카미나가, 그거 계속 혼잣말하는 거야? 혼자 결론 내리려고?"

그렇게나 짙은 환영이 갑자기 사라지지 않나. 대체 무슨 일인지 도무지 모르겠다.

환영이 사라지는 조건을 꼽자면, 하나는 죽음을 피하는 것.

다른 하나는 죽음이 현실이 되는 것.

…그렇다면, 생각할 수 있는 다른 조건은 무엇일까.

아무리 생각해 봐도, 무언가가 마음에 걸리는 느낌이 들 뿐, 답은 나오지 않았다. 나는 방금 그 상황을 돌이켜 보았다.

"그 밴에 치였을 가능성은…, 있나?"

특이한 일이라고 하면 그 정도다.

하지만 시간상 아슬아슬하게 치이지 않았을 것도 같다. 그리고 시체가 없는 게 역시 이상하다. 사실은 조금 더 제대로 주변을 살펴보고 싶었지만, 개를 산책시키던 노인이 우리를 엄청나게 수상하게 쳐다봐서 일단 자리를 뜰 수밖에 없었다.

혼자 고민하는 나에게 스즈 씨가 말했다.

"카미나가, 그 환영은 갓난아기를 안은 젊은 여자인 거지?"

"응…. 확실히 봤다고 생각했는데…."

어쩐지 자신감이 약해진다. 애초에 나에게만 보이는 것이다. 내가 거짓말을 한다고 생각해도 이상하지 않고, 그러는 것이 당연하다. 오히려 처음부터 믿어준 스즈 씨가 특별했다.

그런데…, 과연 이번에도 그녀는 믿어줄까.

그녀가 나를 의심의 눈초리로 볼 뿐이라면 그나마 낫다. 그런데 이번 사건으로 나에 대한 신뢰가 사라져서 공원에 앉은 그녀의 환영이 현실이 될까 봐 불안했다.

그것은 내가 가장 피해야 할 일이다.

그 일만은 절대 있어서는 안 된다.

그렇다면 내가 해야 할 일은….

"…좋아."

결단하는 데 시간은 필요하지 않았다.

나는 벤치에 앉아서 몸을 수그린 채 고개만 들었다.

"스즈 씨."

"왜?"

"아직 수업 남았지? 갑자기 불러내서 미안해. 이제 가도 돼."

"응? 그치만…."

"내가 잘못 봤을지도 몰라. 뭔가 또 진전이 있으면 연락할게."

냉정하게, 막힘없이 그렇게 말하자, 스즈 씨가 조금 난처한 표정을 지었다. 그러면서도 움직이지 않는 그녀는 내 상태가 이상하다고 생각했는지도 모른다. 그녀는 약한 사람에게 언제나 손을 뻗으려고 한다.

하지만 언제까지고 그러면 안 된다. 그러다가 그녀 자신에게 손이 닿지 않을 것이다. 내가 나 자신과 마주해야 한다.

"미안해, 스즈 씨. 나는 조사할 게 좀 있어서 오늘은 돌아갈게."

"조사할 거?"

"응. …자, 정문까지 같이 가자. 나도 거기서 버스 탈 거야. 스즈 씨도 혼자 있을 때는 버스 타잖아."

왠지 이 공원에 그녀를 혼자 두기는 불안하다. 그런 생각이 전해졌는지 우리는 함께 걸음을 옮겼다.

평소 산책하던 때보다 상당히 적은 대화. 나를 신경 썼는지 스즈 씨가 입을 열었다.

"너무 신경 쓰지 말자. 왜, 어떤 원인으로 사망 확률이 줄어서 보이지 않게 됐다든지, 그랬을 가능성도 있잖아?"

"그렇네."

스즈 씨다운 말에 나는 웃었다. 그녀가 안심할 수 있도록 덧붙여 말했다.

"괜찮아. 내가 할 수 있는 범위에서 할 거야. 이제 어린애가 아니니까."

스즈 씨는 그 말을 듣고 난처하다는 듯 살짝 미소 지었다. 마치 무척 연상 같은 반응이라 나는 신경이 쓰였다.

하지만 그녀는 곧 평소의 그녀로 돌아와서 말했다.

"조사라면, 뭘 조사하려고? 나도 도울까?"

"나 혼자 해도 돼. 그냥 나처럼 환영을 보는 사람이 어디에 기록돼 있지 않을까 해서. 왜, 그런 사람들 이야기를 알면 환영에 대한 대책도 바뀔지 모르잖아. 환영의 종류도 알 수 있을지 몰라."

"아, 그렇구나. 근데 내가 아는 한에서는 그런 거 못 봤는데."

"엄청 좁은 범위니까. 스즈 씨가 아는 범위는 마을 수준이잖아."

"너무해. 시내 정도는 돼."

"그래도 좁아. 적어도 도내는 돼야지…."

모퉁이를 돌자, 대학교 터가 보였다. 낮은 울타리 너머에는 무성한 나무들과 하얀 학교 건물이 보였다. 유형문화재로도 지정되었다는 역사 깊은 학교 건물은 마치 시간의 흐름에 침식을 받지 않은 것처럼 하얗게 빛났다.

나는 정면 건물 벽에 새겨진 알파벳 문자를 가리켰다.

"저거 전부터 궁금했는데, 뭐라고 쓰여 있는 걸까? 영어는 아니지?"

"응? 'QUAECUNQUE SUNT VERA'. 라틴어로 '모두 참된 것'이라는 뜻이라나 봐. 성경에 나오는 말이래."

"모두… 참된 것, 이라…."

그에 비해 나에게는 얼마나 진실이 있을까.

기도할 말도, 그런 습관도 없는 나는 입을 다물고 그저 고개를 끄덕였다.

곧장 집으로 돌아온 나는 책상 밑에서 그 캔을 꺼냈다.

여전히 불길함이 감도는 캔. 그것을 책상에 두고 나는 우선 몇 년이나 손대지 않은 방 정리부터 시작했다.

시간이 오래 걸리면 어쩌나 했는데, 의외로 물건이 많지 않았다. 계속 방에 틀어박혀 지내서 그럴 것이다. 있는 것이라고는 책 종류뿐이고, 가끔 나오는 그 밖의 물건도 초등학교 시절 공책과 인쇄물뿐이었다.

편지나 사진 같은 것은 없다. 그 캔이 아닌 다른 과거의 단서를 기대하던 나에게는 김빠지는 일이다.

하지만 없는 것을 어쩌겠나. 그대로 한 시간 정도 여기저기를 더 뒤지다가, 결국 나는 책상 앞으로 돌아와 밀봉된 캔을 앞에 놓고 우두커니 섰다.

나는 이걸 열고 앞으로 나아가야 한다.

과거를 파헤쳐서 이번과 비슷한 사건의 단서가 없는지를 찾을 것이다. 그래야만 한다. 사라져 버린 환영을 밝혀내든 그냥 지나치든 언제까지고 블랙박스를 남겨둘 수는 없다.

그렇게 생각하면서도, 내 몸은 움직이지 않았다. 내 의지가 아니라 몸에 깃든 공포심이 움직임을 무디게 했다. 이 캔을 보고 있으면, 내가 악몽의 입구에 선 느낌이었다. 다리가 뻣뻣해지고 몸이 굳는다. 이 얼마나 겁쟁이인가 싶어서 화가 났다.

하지만 내가 나아가지 않으면, 스즈 씨는….

"…으."

나는 떨리는 손으로 테이프를 뗐다.

그렇게 뒤틀린 뚜껑을 열었을 때, 맨 처음 눈에 들어온 것은….

"어…? 이게 왜…."

내가 그렇게 말하며 손에 든 것은 어딘가 원숭이처럼 보이는 작은 인형으로…, 스즈 씨가 만든 못생긴 키링과 똑 닮았다.

"이거…, 어? 스즈 씨가 수제로 만든 물건이 왜 여기에…."

왜 밀봉된 캔에 이런 물건이 들었을까?

나는 인형을 빤히 쳐다보았다. 못생긴 롤빵처럼 생긴 그것을 뒤집다가 문득 뒤쪽 봉제선이 흐트러진 것을 알아차렸다. 수제답게 삐뚤빼뚤한 그 봉제선 틈에서 하얀 종이가 튀어나와 있다.

나는 그 끝을 잡고 살짝 당겼다.

"뭐야, 이거…."

접힌 상태로 들어 있던 것은 무언가를 찢어서 만든 메모지였다. 거기에는 나도 스즈 씨도 아닌 어른 글씨체로 휘갈겨 쓴 문장이 적혀 있었다.

『계속 옅다가 어느 날 갑자기 짙어지는 환영을 조심해.』

"계속 옅다가… 라고…?"

어떤 환영을 말하는 것일까. 모르는 글씨체가 전하는 경고에는 아직 뒷부분이 있다. 나는 나머지를 읽으려고 메모지를 펼쳤다.

그때, 스마트폰에서 작은 전자음이 울렸다.

확인해 보니 뉴스 앱에서 온 정기 알림이었다. 최신 뉴스의 헤드라인이 팝업으로 표시되자, 나는 그것을 대충 훑어봤다.

'하천 부지에서 발견된 여성 시신, 신원 판명.'

불길한 예감이 든다.

나는 팝업을 눌러서 앱을 열었다.

맞지 않았으면 하는 예감은 '낮에 사라진 그 아기 엄마가 싸늘한 시신으로 발견된 것은 아닐까'라는 생각이었다.

그런데 나는 열린 화면에 뜬 사진을 보고 경악했다.

"어…? 어째서…."

여행지에서 찍은 스냅 사진 속에서 쾌활하게 웃는 여성. 낯익은 그 얼굴은….

어느샌가 주택가에서 사라져 버렸던 환영, 스케치북을 들고 있던 바로 그 여자 회사원이었다.

10

앱에 표시된 뉴스는 금방 이해하기 힘들었다.

"어? 이 사람은…. 대체 무슨 일이 있었던 거야?"

희미한 환영이었다가 부지불식간에 사라진 그녀.

확실히 얼마 전까지 그녀는 스케치북을 들고 정장 차림으로 그 주택가를 걷고 있었다. 그 환영은 벤치에 앉은 스즈 씨와 마찬가지로 계속 엷었다. 그래서 아직 시간이 꽤 여유로운 줄 알고…. 그런데 어느새 환영이 사라져서….

그런 그녀가 알고 보니 환영이 있던 장소에서 멀리 떨어진 곳에서 시신으로 발견되었다.

이게 대체, 어떻게 된 일일까.

시신이 발견됐다는 뉴스를 이제야 본 이유는 발견된 장소 때문이었다. 나는 내가 행동하는 범위에서 일어나는 사건만 뉴스로 확인했다. 그런데 그녀가 발견된 곳은 옆 지역과의 경계에 해당하는 하천 부지였다. 환영이 있던 주택가와는 10킬로미터 넘게 떨어져 있는 곳이다.

대체 어떻게 된 일인지, 기사 마지막에는 '현재 경찰이 수사 중'이라고 적혀 있었다. 나는 그 글을 여러 번 반복해서 읽다가….

"아."

나도 모르는 새에 손이 굳어버렸는지 들고 있던 메모지가 미끄러져서 바닥에 떨어졌다. 나는 얼른 메모를 주워서 방금은 보이지 않던 뒷부분에 적힌 문장을 읽었다.

"으음…. '그런 환영은 누군가에 의한 살인이다.' …뭐?"

나는 반사적으로 스마트폰으로 시선을 돌렸다.

"살인?"

환영에서 10킬로미터나 떨어진 곳에서 시신이 발견됐다.

어쩌다 그렇게 됐을까. 생각해 보면 금방 알 수 있는, 단순한 이야기였다.

"거기서…, 그 여자가, 살해된… 건가?"

그 말을 입에 담는 순간, 얼굴에서 핏기가 가셨다.

나와 스즈 씨가 자주 지나가는 주택가에서 아무도 모르게 사람이 살해됐다. 심지어 나는 그 사람의 환영을 봤다. 계속 옆다가 사라져 버린 환영을.

그런데 이 메모에 적힌 말을 믿는다면….

"그 환영은…, 정말로 마지막까지 옅었을까…?"

나는 손에 든 종잇조각을 보았다.

'계속 옅다가 갑자기 짙어지는 환영은, 누군가에 의한 살인.'

이 경고 내용을 고려하면, 그녀에게 일어난 일이 이해된다.

그 환영은 내가 모르는 곳에서 갑자기 짙어졌다. 그리고 그대로 현실이 되어, 살해되었다.

갑자기 등골이 오싹했다.

여태 그랬듯 아무것도 보지 않으려고 고개를 푹 숙이고 다녔으면, 나는 환영이 현실이 된 줄도 몰랐을 것이다. 살인이 일어난 줄도 모르고 환영이 사라진 것을 이상하게 여기면서도 그 길을 계속 산책했을지도 모른다.

정말이지 소름 끼치는 일이다. 하지만 지금 내 눈앞에 있는 문제는 그것만이 아니다.

"환영이 사라진 건 역시 현실이 됐다는 뜻이라면…, 그 아기 엄마와 아기 환영은…."

환영이 사라지는 조건은 두 가지밖에 없다.

죽음이 무산되든가, 환영이 그대로 현실이 되든가.

그리고 우리가 개입해서 죽음이 무산된 것이 아닌 이상, 그 아기와 엄마는….

"역시…, 이미 죽었구나."

내 말에 내 몸이 떨렸다.

대체 언제, 왜, 그렇게 됐을까.

내가 마지막으로 그 아기와 엄마의 환영을 본 것은 모퉁이를 돌아서 할아버지를 발견하기 전이었다.

그 이후 언제 그 아기와 엄마가 와서…, 죽었을까.

생각해 보자니 끝이 없다. 사인도…, 여전히 모르는 상태다.

"아니, 애초에 시체가 없잖아…."

그게 가장 큰 걸림돌이었다. 이번 사건에는 있어야 할 시체가 없다. 내가 본 환영이 없었다면, 아마 아무 일도 없었다는 듯 끝나 버렸을 것이다. 평소와 똑같은 평화로운 일상에서, 아무도 알아차리지 못한 채….

"…너무 이상해."

겨우 5분쯤 되는 그 짧은 시간에 사람이 둘이나 죽었고, 그 시체들이 사라져 버렸다. 사고라고 해도 이런 일이 있을 수 있나. 아기만 둘이었던 것도 아니다. 한 명은 성인 여성이다. 그런데 어떻게 사라질 수 있단 말인가….

생각이 정리되지 않는다.

누군가와 이야기해서 정리하고 싶은 마음도 들지만, 말할 수 있는 대상은 스즈 씨뿐이다. 하지만 그녀에게 말하기에는 너무 정체를 알 수 없는 이야기였다. 무엇보다 하나는 살인 사건이고….

그때 나는 당연한 사실을 깨달았다.

"아니…. 두 환영은 아마 원인이 같을 거야."

계속 옅다가 갑자기 짙어지는 환영.

나는 옅을 때와 짙어졌을 때를 서로 다른 환영에서 본 것이 아닐까. 그렇게 생각하면, 이렇게 좁은 범위에 이상한 환영이 두 개나 있었던 것도 수긍이 된다.

시신으로 발견된 여자 회사원은 아무에게도 목격되지 않은 채 주택가에서 죽었다. 그 아기와 엄마도 마찬가지다. 스즈 씨가 다니는 대학교를 중심으로 동쪽과 남쪽에 있는 주택가. 직선거리로 300미터도 안 된다. 그녀들은 길을 걷다가 그대로 홀연히 사라져 버렸다.

이런 희한한 사태의 원인이 여러 개일 리가 없다.

분명 동일범이다.

"큰일이잖아, 이거…."

물론 사람이 살해된 것도 그렇고, 그게 연쇄 살인 같다는 것도 큰일이었다. 그 수법이 밝혀지지 않은 것도, 범인에 대한 정보가 아직 아무것도 나오지 않은 것도.

하지만 무엇보다 큰일인 것은 이 일이 스즈 씨의 대학교 근처에서 일어났다는 사실이다.

내가 아는 한, 스즈 씨는 다가올 미래에 죽는다.

사인은 모른다. 환영에서는 그저 벤치에 앉아 있는 것처럼 보인다. 그 아기 엄마가 그저 비틀거리다가 쪼그려 앉은 것처럼 보였듯이.

"설마…, 내 행동이 환영에 이미 반영돼 있다면, 스즈 씨는 나를 만나는 바람에 살해되는 거 아니야?"

터무니없는 생각일지도 모른다.

하지만 가능성은 있다. 단 1퍼센트라도 무시할 수는 없다. 살해된 여자도 계속 옅은 환영이었다. 그런데 어느 날 갑자기 현실이 되었다. 그러니 나도, 당장이라도 손을 써야 한다.

"어떻게 해야 하지…."

이럴 줄 알았으면 스즈 씨를 만나지 말 걸 그랬다. 그때, 말을 걸지 말 걸 그랬다.

하지만 후회돼도 시간을 되돌릴 수는 없다. 이제 와서 없던 일로 만들 수는 없다. 스즈 씨의 성격상 "나한테 상관하지 마!"라고 한다고 제대로 들어줄 것 같지도 않다.

"아니…. 방식에 따라 달라지려나?"

어쩌면, 지금이라면 아직 늦지 않았을지도 모른다.

나는 스마트폰 메신저 앱을 열었다.

처음에는 초조해하다가…, 곧 생각에 잠겼다가, 몇 번이고 지우고 고치면서 메시지 하나를 작성했다.

스즈 씨에게 보내는 메시지로, 나는 마지막에 다시 한번 본문을 거듭 읽고 송신했다. 욱신, 하고 가슴속이 아팠다.

하지만 그런 일은 일어날지도 모를 미래에 비하면 대단한 아품이 아니다.

스즈 씨의 환영은 이미 존재한다. 현실이 그 환영을 따라잡기 전에 어떤 수단을 써서라도 해결해야 한다.

작은 전자음이 울렸다.

메시지로 답장이 올 줄 알았는데, 스즈 씨에게서 곧장 전화가 걸려 왔다.

받고 싶지 않지만, 받지 않으면 어디선가 스즈 씨에게 붙잡힐 것 같다. 나는 체념하고 통화 버튼을 눌렀다.

"네, 카미나가입니다."

『…메시지 봤는데 무슨 말이야?』

그 목소리에 평소 같은 밝음은 없었다. 묵직하게 배에서 울리는 무게감. 한순간에 전화를 끊고 싶어졌다. 솔직히 이런 건 싫다. 도망치고 싶다.

하지만 그렇게 말할 수도 없어서 나는 진지한 목소리를 꾸며 내며 대답했다.

"무슨 말이냐니? 그 말 그대로야. 이제 스즈 씨랑 이것저것 하는 건 끝이야."

구명단이라니, 바보 같은 이름이다.

그런데 언제부터인가 나는 그 이름에 애착을 느꼈다.

하지만 그것도 언제까지고 붙들고 늘어질 수는 없다.

뿌리치는 듯한 내 말투에 스즈 씨는 기가 꺾인 것 같았다. 아주 잠깐 입을 다물었다. 하지만 거기서 물러날 수는 없다는 생각도 했나 보다. 아주 미약한, 마치 중학생 여자아이 같은 목소리가 스마트폰 너머에서 들린다.

『끝이라니? 앞으로 구할 수 있는 사람이 아직 있을 거야.』

"있다고 해도, 이제 충분해. 적어도 나는 그렇게 생각해."

『충분하다니….』

"처음에 말했잖아? …어느 한쪽이 무너지면 끝내자고. 거기서부터는 자기 자신만 생각하자고."

역과 가까운 카페에서 스즈 씨와 그런 대화를 했었다.

나는 그때 일을 떠올렸다. 분명히 후회할 거라고 말한 나에게 같이 후회하자고, 그보다 먼저 같이 기뻐하자고 말해준 그녀.

그렇게 그녀의 손을 잡고부터 우리는 확실히 성공을 같이 기뻐해 왔다. 후회는 진정한 의미에서는 아직 하지 않았다.

그러니 여기서 손을 떼는 게 좋을 것 같다.

"약속한 대로야. 어느 한쪽이 싫증을 내면 거기까지 하기로 했잖아. 스즈 씨에게 의욕이 있어도 나는 이제 안 할 거야."

『그건 네 마음이 무너졌다는 뜻이야? 오늘 일로 뭔가….』

"아니야."

어떻게 말하면 좋을까. 모든 것이 예상을 벗어나는 스즈 씨다. 어떻게 말하면 포기할지, 도무지 예상되지 않았다. 앞으로 남자친구가 생기면 그 상대가 엄청나게 고생할 것 같다. 헤어지자는 얘기가 통하지 않을 것 같다.

아무리 그래도 지금은 물러설 수 없다. 나는 최대한 차갑게 들리도록 신경을 쓰며 입을 열었다.

"오늘 일이랑은 별개로…, 갑자기 그런 생각이 들었어. '내가 남을 위해서 뭘 하는 거지?'라는 생각. 그렇잖아. 지금까지 목숨을 구하고도 감사하다는 말 한마디 못 들었어. 감사는커녕 억울하게 비난을 받기도 했잖아?"

교통사고를 막으려고 무리하게 진로를 바꾸게 해서 남자 고등학생에게 엄청나게 욕을 먹은 적도 있다. 상대에게는 우리야말로 주변을 살피지 않는 위험인물이었을 것이다. 어쩔 수 없다. 참을 수밖에 없는 일이다.

"스즈 씨는 성자처럼 말하지만, 나한테는 무리야. 이제 지쳤어."

『카미나가….』

"그리고 스즈 씨가 괜찮다고 해도 역시 오늘처럼 갑작스럽게 불러내는 건 좋지 않다고 생각해. 오늘은 우연히 휴강이었지만, 시험일처럼 훨씬 중요한 날이었으면 난감했을 거야. 나는 이렇게 빈둥거리고 있지만, 스즈 씨는 열심히 학교 다니는 학생이고 자기 인생이 있잖아. 본인을 희생해서 남을 돕는 것도 나는 썩 좋아 보이지 않아. 본인한테는 아무것도 남지 않고, 그렇다고 환영을 무시하자니 찜찜하니까."

『나는 그래도 괜찮아.』

네가 아무리 좋다고 말해도, 내가 싫다.

상처나 짐을 짊어진 본인만 아픈 것이 아니다. 그것을 옆에서 봐야 하는 사람도 역시 아프다.

"내가 스즈 씨한테 그런 인생을 살게 하고 싶지 않아."

침묵이 흐른다.

결국 이건 옳고 그름의 문제가 아니다. 단순히 감정 문제다.

그래서 스즈 씨가 무슨 말을 하든 뒤집을 수 없다. 내가 정했
으니, 그걸로 끝이다.

꽤 긴 침묵 끝에 들려온 것은 스즈 씨의 조용한 목소리였다.

『나를 신경 써줘서 고마워.』

"…그야 신경 쓰지. 눈앞에 있으면 싫어도 보여."

『그래도 사람 목숨이 달렸어.』

"모든 사람을 구할 수는 없어. 우연히 내 시야에 들어온 사람
을 구하는 데 성공했을 뿐이야. 스즈 씨, 사람은 원래 부조리하
게 죽어. 안타까워도 그게 현실이니까, 구할 수 있는 게 당연하
다는 생각은 하지 않았으면 좋겠어."

지금까지 플러스였던 것이 제로로 돌아갈 뿐이다. 그 점을 착
각하지 말아줬으면 한다고 내가 말했다.

스즈 씨는 또다시 입을 다물었다. 분명 상처받은 표정일 것이
다. 그 표정이 쉽게 상상돼서 마음이 아팠다. 전화로 얘기해서
다행이라고 생각하면서, 동시에 이런 이야기를 전화로 하는 자
신의 무성의함에 진저리가 났다.

하지만 만나면 마음이 약해질지도 모른다.

나도 지금의 내 얼굴을 보이고 싶지 않다.

다만, 어쩌면 이게 스즈 씨와의 마지막 대화가 될지도 모른다.

그렇게 생각하니, 미련도 솟아올랐다.

스즈 씨와 앞으로도 바보 같은 짓을 하고 싶다는 뜻이 아니라, 그녀를 상처 입히며 끝나는 것에 대한 미련이다.

사실 스즈 씨는 아무 잘못도 하지 않았다.

그 마음도 행동력도 자랑할 만하다.

그래서 그것을 부정하고 짓밟으며 끝내는 것에 후회를 느꼈다.

하다못해 조금이라도 전하고 싶었다.

"…스즈 씨, 우리는 잘했어."

의미 없는 위로라고 생각할까.

하지만 단순히 싸우다가 헤어지는 끝보다는 나을 것이다. 하찮은 기만이라도, 나는 그러기를 바랐다.

"사실 조사하다가 옛날에 내가 해놓은 메모를 봤어. 근데 최근에 역시 환영의 확률이 낮아졌어. 보이는 개수 자체도 적어졌고, 오늘 같은 경우는 실현되지 않을 환영이 잠깐 보였다가 사라진 거라고 생각해. 왜, 낮에 스즈 씨가 '실현 확률이 떨어져서 안 보이게 된 거 아니냐'고 했잖아? 역시 그게 정답이야."

『…그치만.』

스즈 씨의 목소리 톤이 조금 누그러졌다. 내가 냉정하다는 것을 알고 스즈 씨도 차분해졌나 보다. 그 사실에 안심하며, 나는 살짝 한숨을 쉬었다.

그저 솔직하게, 그리고 진지하게.

나는 그녀에게 전했다.

"지난 한 달 남짓, 우리는 정말 잘했어. 스즈 씨가 내 이야기를 믿어준 덕분에 여러 사람이 목숨을 건졌어. …솔직히 내가 구원받은 기분이야."

그 말에는 한 치의 거짓도 없다. 내 솔직한 마음이다.

그녀를 만나서, 그녀가 억지로 내 손을 이끌어 앞으로 나아가 준 덕분에 나는 변할 수 있었다. 그 우울한 나날에서 벗어날 수 있었다. 지난 한 달간 이래저래 분주하게 뛰어다닌 덕분에 즐거웠다. 내가 다른 사람에게 도움이 된다는 실감이 들었다.

그러니, 내가 지금부터 앞으로 나아가는 것도 그녀 덕분이다.

"조금 늦었지만 나도 자신감이 생겼어. 계속 등교를 거부하다가 이제 와서 말하기도 뭣하지만…, 학교에 가볼까 해."

『카미나가….』

스즈 씨의 목소리에 복잡한 감정이 섞였다.

그것이 무엇인지, 나는 잘 모른다. 하지만 비난하는 느낌은 조금도 없었다. 걱정하는 마음이 전해질 뿐이다.

『카미나가…, 혹시 옛날 일이 생각났어?』

어쩐지 불안한 목소리.

나는 순간 대답을 망설이다가, 전화 너머로 수긍했다.

"응…. 아직 전부 다 생각난 건 아닌데, 그래도 조금씩 나 자신을 마주하려고. 시간은 걸리겠지만."

이 이상 그녀를 끌어들일 수는 없다. 앞으로는 나 혼자서 충분하다.

"물론 스즈 씨의 환영은 빈틈없이 신경 쓸 거고, 뭔가 변화가 있으면 메시지 보낼게. 근데 아마 아직 먼 이야기일 거야. 그 전에 조금 더 나은 내가 되고 싶어."

스즈 씨의 환영은 내가 마주해야 할 문제다.

그리고 지금의 이 기로에서 어쩌면 그녀의 환영까지 해결할 수 있을지 모른다. 그러기를 바란다.

스즈 씨는 비관적인 이유 때문이 아닌 내 결의에 잠시 말이 없었다. 작은 한숨 소리가 들린다.

『이제 환영은 쫓지 않고, 학교에 간다…. 그렇게 이해하면 되는 거지?』

"응."

『그럼, 또 등교 거부 하는 게 보이면 내가 잡으러 갈 거야.』

그 목소리는 평소와 똑같은 스즈 씨의 목소리였다.

해맑고, 예상을 뛰어넘고, 따뜻하고, 그저 미련할 만큼 솔직한 목소리.

그 목소리에 눈물이 어렸다.

나는 입술을 꽉 깨물며…, 웃었다.

"나는 괜찮아. 스즈 씨는 버스 잘 타고 다녀."

부디 그렇게 원래 일상으로 돌아갔으면 좋겠다.

그리고 당분간 그 주택가를 돌아다니지 않았으면 좋겠다. 그런 부탁을 감춘 가벼운 말에, 스즈 씨는 사이를 두고 키득 하고 웃었다.

다정하다. 그저 다정한 목소리가 내 귀에 닿는다.

『알았어. 그럼 카미나가…, 아, 이렇게 부르는 것도 이게 마지막이려나. 지난 한 달간 정말 즐거웠어.』

"응. 나도야. 고마워."

『그럼…, 안녕.』

나는 그 인사를 듣고 깨끗이 통화를 끊었다.

그 순간, 조용해진 방 안이 마치 잊어버린 과거를 떠오르게 하는 것 같았다. 나는 가늘고 길게 숨을 뱉었다.

"미안해…. 고마워, 스즈 씨."

이 일이 끝나면, 언젠가 또 같이 실없는 이야기를 하며 밥을 먹을 수 있으면 좋겠다.

그런 결말을 믿으며 나는 혼자서 스마트폰을 꼭 쥐었다.

11

대낮 주택가는 어딘가 가식적이고 인위적으로 보였다.

하얀 담장과 산울타리, 깔끔하게 손질된 집. 그 2층짜리 건물들은 유복한 삶을 연상시켰지만, 인기척은 없었다. 맞벌이 가정이 많은지, 실제로 이 주변 집들에는 대부분 사람이 없었다. 다만 대학교와 역 사이에 난 길에는 학생들이 비교적 돌아다니고 있었다. 나는 한때 사람을 피해 살았던 여파로 그 사실을 잘 안다.

"…여기인가."

도로에서 한 블록 떨어진 골목 모퉁이.

내가 한 달 전에 스케치북을 든 여자 회사원의 환영을 본 장소다.

나는 특이한 점이 아무것도 없는 아주 평범한 주택가를 둘러보았다.

그때 이후 뉴스를 샅샅이 뒤져본 결과, 알게 된 사실은 크게 세 가지다.

첫 번째는 피해자 정보.

그녀는 26세의 회사원으로, 사는 곳은 옆 역 근처에 있는 공동 주택이었다. 그런 사람이 왜 이 주택가를 돌아다니다가 죽었는지, 나는 모른다. 수사가 진행되면 밝혀질 날도 올 것이다. 하지만 그녀가 여기서 죽었다는 사실을 아는 사람은 아직 나뿐이다.

두 번째는 사망 상황과 시각.

그녀는 칼에 찔려 사망했다는 얘기가 있었는데, 실제로는 목을 졸린 뒤에 가슴을 찔렸다고 한다. 사망 시각은 오후 한 시부터 다섯 시경으로 추정됐다. 이런 추정 시간은 폭이 너무 넓어서 나 같은 아마추어에게는 그다지 참고가 되지 않는다. 환영을 봐도 시간까지는 알 수 없고, 알 수 있다고 해도 역에서 죽을 뻔한 회사원처럼 시간이 다른 시계를 차서 오류가 생기기도 한다.

세 번째는 시체 발견 상황.

범인은 그녀의 시체를 차로 하천 부지에 옮겨서 버린 듯했다.

옷은 벗겨져 있었지만, 성폭행을 당한 흔적은 없었다고 한다. 옷을 남겨두면 여러 증거가 드러날 수 있어서 벗긴 것이 아닐까. 시신은 아침에 개를 산책시키던 노인이 발견했다. 사망 후 적어도 이틀은 지났을 때였다고 한다.

"또 개 산책이야? …포메라니안은 아니겠지."

나는 뉴스로 발견자 인터뷰도 찾아봤다. 개는 시바견이었고 할아버지도 확실히 다른 사람이었다.

"…정리해 보면, 그 여자는 여기를 돌아다니다가 목을 졸린 다음 칼에 찔렸어. 그러고 나서 차에 실려서 하천 부지에 버려 졌다, 이건가?"

문제는 누가 그랬냐다.

내가 걷고 있는 주택가에 지금은 아무도 없었다. 스즈 씨를 밀어낸 사람은 나인데, 내가 살해당하면 의미가 없다. 경계해야 한다.

나는 수상한 사람으로 보이지 않도록 의식하면서 환영이 보 이던 곳 주변을 조사했다.

모퉁이에 있는 집은 하얀 담장이 딸린, 두부처럼 하얀 정육 면체 집이다. 액자 형태를 띤 검은 문이 굳게 닫혀 있고, 차고에 차는 없었다. 이렇게 보기에는 밖에 나와 있는 빨래도 없어서 인기척이 느껴지지 않았다.

"과거의 환영이 보이는 힘이 있었으면 정말 좋았을 텐데…."

살인 사건이라는 걸 알았다면, 조금 더 다양한 부분을 신경 쓰며 환영을 살펴서 의심스러운 부분을 찾아낼 수 있었을지도 모른다. 완전히 소 잃고 외양간 고치기다.

나는 기억에 의지하며 그녀의 발자취를 더듬었다.

하얀 집 앞에는 어떤 회사의 소유로 보이는 건물이 있었다. 지금은 사용되지 않는 듯, 창문이 그야말로 부옇다. 2층이 사무실, 1층이 창고였던 것 같다. 함석 벽에 적힌 회사 이름은 반 이상 벗겨져 없어졌다.

또 그 옆에는 산울타리로 둘러싸인 일본 정통 목조 가옥이 있다. 오래된 주택가인 만큼 통일감이 전혀 없었다. 나는 그대로 도로를 따라 수십 미터쯤 걸어 봤다. 하지만 딱히 이상한 점은 없었다.

"100미터도 안 갔을 것 같은데…."

환영이던 때에는 너무 옅어서 제대로 보지 않았지만, 내가 그녀의 모습에서 받은 인상은 항상 '모퉁이를 돌고 있다'는 것이었다. 그 행동을 반복한다는 것은 다시 말해 환영의 사이클이 짧다는 뜻이다. 마지막 순간이 오기까지 그리 오래 걸리지 않았을 것이다.

나는 도로를 두 번 왕복하며 고민하다가, 이번에는 스즈 씨와 마주치지 않도록 여대를 크게 우회했다. 그다음에는 아기와 엄마가 사라진 모퉁이로 향했다.

이쪽 주택가에서도 딱히 특이한 점은 보이지 않았다. 내가 벽보를 꽂았던 산울타리도 어제와 똑같다.

"이쪽은 아직 사건이 발각되지 않았지."

그 이후로 작은 사건도 놓치지 않도록 틈틈이 뉴스를 확인하지만, 아직 '젊은 엄마와 아기의 시신이 발견됐다'는 이야기는 없었다. 이전 사건도 발견되기까지 이틀이 걸린 것을 생각하면, 조만간 뉴스에 나올지도 모른다.

"차로 옮겼다면, 역시 그 밴인가…?"

환영이 사라지기 전 그 짧은 시간에 여기를 지나간 차는 그 은색 밴밖에 없다. 그것이 범인이었다고 가정하면, 범인은 나와 포메라니안을 칠 뻔하면서 문제의 모퉁이로 가서 아기와 엄마를 발견하고 급정거했고, 도망치려고 하는 아기 엄마를 죽이고 차에 태웠을 것이다.

"아니… 그건 무리지."

아무리 그래도 시간이 너무 없다. 내가 살인범이었다면, 나를 칠 뻔한 시점에 범행을 관뒀을 것이다. 너무 눈에 띄니까.

하지만 그렇다면…, 그 시간에 무슨 일이 일어난 것일까.

환영이 그 자리에 쓰러진 장면에서 끝났다는 것은 그 순간에 그녀는 이미 죽었다는 뜻이다. 그 이후 시체가 어떻게 됐는지는 환영에 나타나지 않았다.

아무리 생각해 봐도 모를 일투성이다. 나는 조금 전 그 모퉁이에서 그랬듯이 주변을 빙 둘러보았다. 구멍투성이인 산울타리를 보고…, 어떤 사실을 떠올렸다.

"아, 그 벽보 떼는 거 깜빡했다."

어제는 정신이 없어서 까맣게 잊어버렸는데, 그러고 보니 벽보를 회수하지 못했다. 누군가가 발견하면 내가 의심을 사서 수사가 혼란스러워질 것 같다.

언뜻 보기에 산울타리에는 이미 벽보가 없었는데, 누가 주워

갔을까. 나는 기억을 더듬으며 산울타리를 들여다보았다. 나뭇가지 너머에 하얀 것이 보였다.

"오, 찾았다."

나는 아무렇게나 뻗은 산울타리 속에 손을 쑤셔 넣었다. 그리고 벽보를 손끝으로 잡아서….

"어라?"

종이인 줄 알았던 그것은 종이가 아니었다. 작게 접힌 하얀 거즈다.

왜 이런 것이 여기에 있을까. 의외로 깨끗한 것으로 보아 며칠이나 밖에 있었던 느낌은 아니다. 나는 거즈를 눈 위로 치켜들었다.

"뭐지, 이거?"

상처를 치료하는 데 쓸 것 같은 조각난 거즈인데, 혈흔은 없다. 다만 희미하게 달콤한 냄새가 난다. 마치 어린아이가 하던 것 같은….

"아, 아기 거즈인가."

턱받이 대신 옷깃에 거즈를 끼운 아기를 역 같은 곳에서 본 적이 있다. 그렇다면 혹시 이것도 그런 거즈가 아닐까.

그런데 그런 거즈가 산울타리 너머에 있다는 건….

나는 갑자기 이해했다.

주위를 둘러보며 아무도 없는 것을 확인하고는 얼굴을 가까이 대고 몇 개나 뚫린 울타리 구멍을 살펴보았다. 그리고 어느 울타리 틈에 시선을 고정했다.

"여긴가."

구멍 앞에 위에서부터 덩굴풀이 내려와 있었다. 그런데 그것을 걷자 커다란 구멍이 드러났다. 자세히 보니, 구멍 주변에 난 나뭇가지가 최근에 꺾인 느낌이었다. 나는 그 구멍 앞에 몸을 숙였다.

"되겠는데…."

나라면 쉽게 빠져나갈 수 있을 것 같고, 나보다 조금 더 체격이 좋은 사람도 지나갈 수는 있을 것 같다. 구멍 안에 살짝 고개를 집어넣고 맞은편을 보니, 1층 창문은 덧문으로 굳게 닫혀 있었다. 혹시 이 집에는 사람이 살지 않는 것일까. 그렇다면 범인에게는 훨씬 좋은 환경이었을 것이다.

다시 말해 범인은, 그 아기와 엄마를 이 구멍을 이용해 부지 안으로 옮겼다.

환영에 나온 그 여자가 쪼그려 앉은 듯 보인 이유는 하천 부지에서 발견된 여자처럼 목을 졸리거나 그 비슷한 일을 당했기 때문일 것이다. 범인은 그렇게 죽인 아기 엄마를 이 구멍을 이용해 부지 안으로 옮겼다. 이 집이 빈집인 것도 미리 알아냈을 것이다. 구멍을 가리고 있던 덩굴풀도 범인이 위장을 위해 꾸며 놓은 것일지 모른다.

나는 잠시 망설이다가 다시 한번 주위에 사람이 없음을 확인하고는, 이번에는 산울타리 너머까지 머리를 뺐다. 도로 쪽에서 보면 머리만 풀에 감춘 꿩 같아서 수상해 보일 테니 얼른 끝내야 한다.

확인하고 싶은 것은 딱 하나였다. 여기에 아직 그 아기 엄마가 방치되어 있는지다.

황폐한 정원을 둘러보았지만, 예상대로 누구의 모습도 없었다. 그 거즈가 있었던 것이 기적일 정도다. 나는 망설이다가 결국 손에 든 거즈를 원래 장소에 돌려놓았다.

내가 원하는 것은 진실을 알아낼 길이지, 증거가 아니다. 그런 것은 경찰에 맡기지 않으면 오히려 길을 돌아가게 된다.

나는 산울타리에서 몸을 빼고 커다란 구멍을 돌아보았다.

환영이 사라진 사실을 깨닫고 멍하니 있던 그때, 범인은 분명 아기와 엄마를 구멍으로 옮긴 뒤 이 산울타리 너머에서 숨을 죽이고 있었을 것이다. 그때 그 사실을 알아차렸다면, 어떻게 됐을까. 나와 스즈 씨, 그리고 그 할아버지까지 말려들었을까.

아무렇게나 뻗은 산울타리가 마치 생사를 가르는 얇은 막 같았다.

이 너머에 있었을 광경을 상상하는 것만으로도 온몸이 약간 추워졌다. 나는 언제까지고 그 자리에 못 박힐 것 같은 자기 자신을 깨닫고 고개를 흔들었다. 사건을 고찰하는 데에 의식을 돌려놓았다.

"그럼 다른 사건에서는…, 그 창고인가."

이 산울타리 집을 은폐 장소로 눈여겨보았다면, 다른 사건에서도 비슷한 방식으로 움직였을 가능성이 크다. 일단 남의 눈을 피해 숨고 나중에 천천히 시신들을 옮기는 식이었을 것이다. 경찰이 수사하면 더 많은 사실이 밝혀질지도 모른다.

저쪽 주택가에서는 오랫동안 방치된 어떤 회사의 창고가 범인의 중계 지점이 아니었을까. 조금 전에는 자세히 보지 않았지만, 무척 낡아 보이는 문이었다. 사실은 열 수 있을지도 모른다.

한 가지 실마리가 잡히자, 이어서 단서가 보인다.

그런데 거기서부터 보이는 범인의 이미지는 용의주도하고 대담하며 이해할 수 없는 비정상인이다.

하필 왜 그 두 사람을 죽였을까. 중계 지점을 찾고 나서 거기를 지나가는 사람을 기다린 것일까. 그렇다면 지금도 어떤 주택가에서 덫에 걸릴 사냥감을 찾고 있을까.

나는 산울타리 앞에서 생각에 잠겼다. 그때 멀리서 누군가가 나를 불렀다.

"어이! 거기 꼬맹이!"

"네. …네?"

반사적으로 대답해버렸지만, 꼬맹이라니. 동네 어린애에게 붙일 법한 호칭을 들은 나는 고개를 들었다.

"헉…."

어제 포메라니안을 산책시키던 노인이 나를 보고 걸어왔다. 그 옆에는 처음 보는 젊은 여자가 있었다. 위험하다. 왠지 불길한 예감이 들었다.

하지만 도망치면 괜히 수상해 보일 것이다. 나는 포커페이스를 유지하며 두 사람이 다가오기를 기다렸다. 가볍게 고개 숙여 인사했다.

"오늘은 옆에 개가 없네요."

"잠깐 사람을 찾아야 해서. 꼬맹아, 어제 손수건을 주웠다고 했지? 갓난아기랑 같이 있던 여자 거."

"…아아, 네."

정말 위험하다. 그건 새빨간 거짓말이고, 손수건은 빨려고 내놨다. 남몰래 긴장감이 높아지는 나에게, 옆에 있던 여자가 고개를 숙였다. 노인은 그녀를 가리키며 말했다.

"사실 이 사람이 그 아기 엄마 여동생이래. 언니가 어제부터 집에 안 들어온다네. 꼬맹아, 뭐 아는 거 있냐?"

"제가 뭐 아는 게…."

그 여자가 왜 돌아오지 않는지, 나는 안다.

알지만 말할 수가 없다. 하지만 여기서 가족에게 정보를 잘 흘리면 수사로 이어질 가능성이 있을지도 모른다. 나는 불안해 보이는 여자를 살짝 떠보기로 했다.

"경찰에 신고는 했나요?"

"신고했는데, 범죄 혐의점이 없으면 못 찾는대서…."

거의 모든 사례에서 나오는 말이다. 그러지 않으면 끝이 없어서 경찰들이 다 감당하지 못할 것이다. 지금까지 나도 몇 번 경찰에 신고한 적이 있는데, 순순히 움직여 준 적이 드물다.

여자는 제대로 잠을 못 잤는지 피로가 엿보이는 얼굴로 말했다.

"하지만 언니는 연락도 없이 사라질 사람이 아니야. 원래 항상 같은 시간에 같은 경로로 산책하는데, 나갔다가 돌아오지를 않아서…. 아이도 같이 나간 상황이라 지금 다 같이 흩어져서 찾고 있어."

여자는 자기 스마트폰을 꺼내서 스냅 사진을 보여주었다. 갓난아기를 안고 행복하게 웃는 여자. 낯익은 그 얼굴에, 나도 모르게 숨을 삼켰다.

"어제 봤다는 게 혹시 이 사람이야? 어디서 봤어?"

"어디냐면…, 그게…."

거짓과 진실을 어떻게 정리할지 망설였다.

하지만 너무 망설이면 안 된다. 여기서부터는 가능하면 경찰의 손이 필요하다.

나는 조금 불안한 표정을 만들며 말했다.

"그게, 손수건 자체는 결국 다른 사람 거였어요. 근처 여대생 물건이어서 벌써 돌려줬어요."

"아, 그랬구나…."

"하지만 아기를 안은 여자를 본 건 사실이에요. 딱 이 모퉁이를 돌았는데, 그때 누가 와서 되돌아간 느낌이었어요."

"뭐? 그, 그게 누군데?!"

"제 쪽에서는 안 보였어요. 죄송합니다. 근데 급하게 건너편으로 돌아갔고, 거기서 이쪽으로 돌아오지는 않았으니까, 이쪽에서 대화나 뭘 한 것 같아요."

이 정도가 한계다. 범죄 혐의점이 있다는 냄새를 너무 풍겨도 '왜 그때 신고하지 않았냐'고 의심을 살 것이다. 하지만 다른 단서가 없다면, 이 이야기가 중요해질 것이다. 여자는 내 이야기에 눈을 크게 떴다. 주변을 둘러본다.

"이쯤에서?"

"네. 제가 여기까지 왔을 때는 이미 모습이 보이지 않길래 이상하다고는 생각했어요. 꼭 사라져 버린 것 같아서요."

여자의 얼굴이 불안으로 점점 일그러졌다. 그런 표정을 보니 죄책감이 들었지만, 정말로 죄책감을 느껴야 할 사람은 범인이다. 나는 두 사람에게 고개를 꾸벅 숙였다.

"죄송합니다. 그럼 저는 이만…"

그렇게 말하며 공원 쪽으로 가려던 나는 건너편에서 신입사원으로 보이는 회색 정장을 입은 청년이 다가오는 것을 보고 티 나지 않게 방향을 바꿨다. 요즘 나는 여기저기를 헤집으며 조사하고 있으니 모르는 사람과는 거리를 두는 편이 좋을 것이다.

역 쪽으로 돌아가려고 하는 나를 노인이 불러 세웠다.

"꼬맹아, 이건 다른 얘기지만, 이런 시간에 이렇게 싸돌아다니다니, 너 학교는 어쩐 거야?"

"으…"

일면식도 없는 노인까지 내가 학교에 가지 않는다고 걱정하다니. 아니, 대학생이 이런 시간에 돌아다녀도 되지 않나… 하지만 선의로 한 말임은 알기에 나는 순순히 대답했다.

"오늘은 오후부터 수업이에요. 감사합니다."

그 말에 노인은 수긍한 표정은 아니었지만 고개를 끄덕였다.

그보다 중요한 것은 사라진 아기와 엄마다. 그녀의 여동생은 다가온 청년에게 질문하려고 이미 저만치 갔다.

나는 그 광경에 등을 돌리고 역 쪽으로 돌아갔다.

이 일대는 도쿄의 23구 중 하나지만, 가장 가까운 경찰서는 옆 도시 소속이다. 나는 어느 쪽에 신고하는 것이 좋을지 고민하면서, 조사한 정보를 정리했다.

역 앞 아케이드 상가와 인접한 패스트푸드점은 아직 점심 전이라 손님이 적었다. 2층 좌석 창문에서는 크리스마스로 북적이는 상점가가 보였다. 하지만 비일상에 들뜨는 분위기는, 나와는 무관하다. 나는 자료를 꺼내려고 가방을 열었다. 거기서 메모 한 장을 꺼냈다.

"…계속 옅다가 갑자기 짙어지는 환영을 조심해라…"

모르는 글씨체로 적힌 경고. 하지만 누가 쓴 글인지 나는 짐작이 된다.

이것은 '그'가 나에게 보낸 것이다.

'그'가 어떤 사람이었는지는 기억나지 않아도, 이 메모를 보면 이상한 확신이 들었다. 나를 믿고, 나와 함께 싸워준 '그'는 부자연스러운 환영의 한 종류를 알아차리고, 그것이 무엇인지 간파한 것이다.

그래서 나에게 충고했다. 살해되는 환영의 법칙을 알아차린 것은 '그'가 그 묻지마 연쇄 살인 사건을 경험했기 때문일 것이다. '그'는 처참한 실패를 맞은 그 사건 이후에도 나를 신경 써

준 것이다.

조금씩, '그'의 윤곽이 기억 밑바닥에서 올라오는 느낌이었다.

같이 공원에서 대화한 것, 여기저기 뛰어다닌 것, 그런 시간이 있었던 것 같다.

하지만 그 기억은 아직 제대로 된 형태를 띠지 못했다. 나는 안개 속에서 손을 더듬거리는 듯한 생각을 잠시 중단했다. 그리고 같이 가방에 넣어온 인형을 보았다.

"이걸 만든 사람…, 역시 스즈 씨일까?"

수제 인형 키링이 스즈 씨 것과 똑 닮았다. 우연일지도 모르지만, 만약 그렇지 않다면, 나는 기억에 없는 시간의 어딘가에서 스즈 씨를 만난 적이 있다는 뜻이다.

그리고 '그'가 적은 메모가 이 인형에 숨겨져 있었다는 것은 스즈 씨가 '그'와도 만난 적이 있다는 뜻이다. 그런데 왜 그녀는 그 사실을 말하지 않았고, 나는 잊어버린 걸까…. 떠오르는 것은 부정적인 가능성뿐이다.

"전부 착각일지도 모르지만…"

하지만 돌이켜보면 확실히 그녀는 내가 과거를 기억해 내는 데에 그다지 적극적이지 않았다. "나랑 같이 있을 때 해"라고 말한 이유는 혹시 내가 기억을 잊고 있는 편이 나아서…?

싫다. 내가 왜 스즈 씨를 의심하는 걸까.

확실히 방을 정리하다 보니 그것 말고도 이상한 점은 있었다. 내 방에, 중고등학교 시절 물건이 아무것도 없었다는 것. 발견된 물건은 전부 초등학교나 그 이전 것들이었다.

스스로 전부 처분한 모양인데, 왜 처분했는지도 모르겠다. 그리고 곰곰이 생각해 보면, 나는 중고등학생이던 시절의 기억이 전혀 떠오르지 않았다.

간신히 생각나는 것은 어렴풋한 초등학생 때 기억뿐이다. 그 이후 6년간은 완전히 빠져 있어서…. 어쩌면 그때 스즈 씨를 만났을지도 모른다.

"원래 알던 사람 같다…."

스즈 씨가 했던 말이다. 나도 처음 만났을 때 똑같은 생각을 했지만, 그건 내가 환영 속 그녀를 알아서였다. 그렇다면 그녀가 나를 그렇게 생각한 이유는 뭘까.

"…하지만 스즈 씨는 거짓말을 할 성격이 아닌데."

만약 정말로 나를 알면서 입을 다문 것이라면, 아마 대단한 이유는 아닐 것이다. 이것저것 다 정리하고 나서 본인에게 물어보면 된다.

결국 인형과 메모와 사건에 정신을 빼앗겨 캔에 든 다른 물건은 아직 보지 않았다. 한심하지만, 내가 스즈 씨를 잊어버렸을지도 모른다는 생각에 겁이 났다. 인형 말고는 다 종이여서 클리어 파일에 전부 넣어서 들고 왔다.

"일이 이렇게 되기 전이었으면, 당사자한테 물어볼 수도 있었을 텐데."

여러모로 너무 신경 쓰여서 소리라도 지르고 싶었지만, 일단 살인 사건이 정리될 때까지 그녀와 관련된 문제는 미뤄두기로 했다.

나는 가져온 자료 중에서 이 일대 지도를 하얀 테이블 위에 펼쳤다.

"…범행 방법은 대충 알겠는데, 이다음은 어떻게 경찰을 수사하게 할지가 문제네."

경찰의 수사력은 나 혼자 움직이는 것보다 훨씬 뛰어나다. 실제로 나는 범인이 누구인지에 대한 정보는 전혀 없었다. 어떻게 한 것인지를 알 뿐이다.

한편 시신이 발견된 하천 부지 수사는 착실히 진행되는 것 같았다. 내가 어떻게 신고하느냐에 따라 앞으로 진행되는 것도 있을 것이다. 하천 부지와 이 동네에서 똑같은 차가 목격됐다거나 하면, 범인이 상당히 많이 추려질 것이다.

"그걸 생각하면 그 전통 가옥이 좋은 위치에 있는 것 같은데…."

여자 회사원 사건이 일어난 창고 옆에 전통 가옥이 있는데, 아무래도 그 집에는 감시 카메라 같은 것이 달려 있는 듯했다. 다시 한번 조사하러 갔다가 알아차린 사실인데, 산울타리가 낮은 곳에 교묘히 위장해서 설치한 것 같았다. 그런데 으음, 과연 어떨까. 용의주도한 범인이 그 감시 카메라를 알아차리지 못했을 가능성이 있을까.

그런 생각을 하는데, 계단을 올라오는 활기찬 목소리가 들렸다.

"맞아, 맞아. 여전히 특이하다니까."

"뭐, 그래서 재미있잖아."

함께 웃으며 쟁반을 들고 와서 테이블에 자리를 잡은 것은 여대생으로 보이는 두 여자였다. 이른 점심이라도 먹으려나 보다. 원래 같았으면 신경 쓰지 않았을 텐데, 지금은 생각할 것이 있어서 조금 귀에 거슬렸다. 여자들은 버거 포장지를 펼치며 웃었다.

"왜, 최근에 메신저를 자주 하던데, 남자친구라도 생긴 거 아니야?"

"없대. 얼마 전에는 초등학생쯤 된 남자애랑 지나가는 걸 봤어. 즐거워 보이던데."

"걔가 남자친구인가?"

"그건 범죄잖아."

뭐랄까, 일본은 평화롭구나…. 아니, 나에게는 평화롭지 않지만, 일반적으로는 그런 것 같다.

창밖에 보이는 수많은 크리스마스 장식은 그런 평온의 상징이다. 가게 안에도 희미하게 크리스마스 노래가 흘러나온다. 이제 한 일주일만 있으면 모두 선물을 한 손에 들고 귀갓길에 오를 것이다.

나도 이 사건이 정리되면 스즈 씨에게 무언가 선물해야겠다. 고양이 인형이라도 사다가 빌면 그녀가 용서해 줄까.

"…그래서, 왜 머리를 잘랐냐고 물어보니까 변장이래. 뭔가 진지하게 말하니까 너무 웃겨."

"왜 변장을 한대?"

여대생들의 대화는 아직 끝나지 않았나 보다.

변장이라. 범인이 변장했을 가능성은…. 흐음, 상관없다. 그보다 일상에서 변장을 하는 이상한 사람도 있구나. 스즈 씨도 아니고.

나는 턱을 괴고 지도를 바라보았다. 일단 경찰에 익명으로 신고할까. 휴대전화로 하면 번호를 들키니까 공중전화를 찾아서….

"그게 말이야, 캐물으니까 '범인으로 보이는 사람한테 들킨 것 같다'고 하더라. 범인이라니, 뭐냐고. 하여튼 스즈코는 엉뚱하다니까."

"스즈…코?!"

나는 테이블을 치며 일어섰다.

갑작스러운 외침에 여자들은 눈을 동그랗게 뜨고 나를 쳐다보았다. 그중 한 명이 "아"라고 목소리를 높였다.

"혹시 너…."

"방금 스즈코라고 했어? 세자키 스즈코?"

"아, 응…. 맞는데."

다른 한 명이 당황하면서도 대답했다. 나는 그 대답에…, 몸이 굳었다.

'범인으로 보이는 사람에게 들킨 것 같다.'

그것은 어떤 의미일까. 이 타이밍에 범인이라고 부를 만한 사람은 한 명밖에 없다. 하천 부지에 여자 회사원의 시체를 유기

하고 아기와 엄마를 덮친 그 범인이다.

하지만 스즈 씨는 그 사건들이 존재하는 것 자체를 모른다. 그런데 왜 '범인에게 들켰다'고 했을까.

"……맞다."

나는 스즈 씨가 했던 어떤 말을 떠올렸다.

'카미나가, 그 환영은 갓난아기를 안은 젊은 여자인 거지?'

환영이 사라진 뒤 공원에서 스즈 씨가 나에게 물은 말이다. 그리고 그때 나는 거기에 의문을 품지 않았다. 그래서 그저 고개를 끄덕였다.

하지만 그때 눈치채고 추궁했어야 했다.

나는 스즈 씨에게 아이가 갓난아기라고 말한 적이 한 번도 없다. 그저 '아이와 함께 있는 여자'라고만 말했다. 그런데 갓난아기였음을 아는 이유는…, 그녀가 실제로 그 모습을 봤기 때문이다. 물론 환영이 아니다. 습격당하기 직전, 모퉁이에서 우왕좌왕하는 아기 엄마를, 그녀가 멀리서 본 것이다.

그리고 그녀는 아마, 범인도 봤을 것이다.

그 사실을 나에게 말하지 않은 이유는 비정상적인 사태임을 깨달아서였을까. 아니면 살인 사건이라고까지는 생각하지 않아서였을까.

어쨌든 그녀는 자기 나름대로 판단해서 그 인물이 '범인일지도 모른다'고 생각했다. 그래서 변장하려고 머리를 자르고….

벤치에 앉은 투명한 그녀.

살짝 고개를 숙인 얼굴, 바람에 흔들리지 않는 쇼트커트를, 나는 바라본다.

"…위험해."

스즈 씨가 머리를 잘랐다. 그 환영과 똑같은 모습을 하게 되었다는 뜻이다. 예견된 죽음이 가까이 다가왔다. 변장을 했다면, 옷 스타일도 바꿨을 가능성이 있다. 내가 '아직 먼 이야기'라고 판단한, 재킷에 롱스커트를 입는 스타일로.

하지만 범인은, 그래도 스즈 씨를 알아볼 것이다.

"스즈 씨는 지금 수업 중이야?"

내가 묻자, 두 사람은 시선을 교환했다. 한 사람이 대답했다.

"아까까지 같이 있었는데, 오후 수업은 없을 거야."

"고마워!"

나는 그 말만 하고 내 테이블로 돌아가서 펼쳐둔 종이들을 가방에 쑤셔 넣었다. 남은 버거 세트를 그대로 쓰레기통에 던져 넣고 가게를 뛰쳐나왔다. 스마트폰을 꺼내서 스즈 씨에게 전화하려고 한 순간, 기다렸다는 듯 메시지가 왔다.

보낸 이는 스즈 씨였다.

나는 앱이 열리는 시간까지 아까워하며 재빨리 메시지를 확인했다.

길게 적힌 글은 예전 언젠가처럼 예약 발송된 모양이었다. 나는 미리 준비된 듯한 글을 눈으로 훑었다.

『카미나가에게. 아직 이렇게 불러서 미안해. 일단은 이렇게 부를게. 만약을 대비해서 메시지 보내. 보험이라고 생각하고, 이 뒷부분은 혹시 나랑 연락이 닿지 않으면 읽어 줘.』

그 뒤로 스톱 마크 이모티콘이 연달아 찍혀 있다.

사라졌을 때의… 보험. 그 말이 내 기억을 자극했다.

인형에 숨겨진 메모…. 대낮의 거리. 쓰러진 뒷모습.

죽은 초등학생. 여러 사람이 희생됐고, 많은 부상자가 나왔다.

나는…, 그리고 '그'는 어떤 마음으로 그 결과를 직면했을까.

무슨 생각으로 우리는 헤어졌을까.

"…아니, 지금은 스즈 씨가 먼저야."

나는 백일몽에 빠지려다가 고개를 흔들어 떨쳐내고 스톱 마크를 무시하며 뒷부분을 읽었다.

『카미나가가 본 환영 말인데, 나 아마 그 사람을 본 것 같아. 아기 엄마가 모퉁이에서 나왔는데 어떤 남자가 쫓아와서 바로 모퉁이 건너편으로 돌아가 버렸어. 잠시 후에 차가 지나가고 카미나가가 나와서 상황 파악이 안 됐는데…. 근데 그게 그 사람이 죽는 순간이었던 거지? 내가 제시간에 닿지 못했어.』

그 짧은 글만 봐도 스즈 씨가 슬퍼하는 얼굴이 눈에 선했다.

그렇다. 우리는 제시간에 닿지 못했다. 구하지 못했다.

이런 감정을 스즈 씨는 느끼지 않았으면 했는데.

『나중에 생각해 보니까 역시 그 남자가 뭔가 알지 않을까 싶더라고. 설마하니 살인이라고 생각하고 싶지는 않지만, 가능성이 제로가 아니라면 밝혀내야지. 그 여자분, 갓난아기까지 안고 있었잖아.』

강한 의지가 엿보이는 말에, 내 머리가 울컥 뜨거워진다.

밝혀내겠다니, 왜 진작 나에게 말하지 않았을까. 말했으면 조금 더….

"…아니."

그러지 못하게 막은 사람은 다름 아닌 나였다. 내가 '이제 지쳤다', '더는 환영을 쫓지 않겠다'고 했다. 남을 위해서 뛰어다니는 대신 내가 사회로 복귀하겠다고 했다. 그런 내 결심을 듣고 스즈 씨는 자기 혼자서 사건을 조사하기로 한 것이다.

"뭐야, 정말…. 왜 남의 얘기를 반밖에 안 듣냐고."

나는 스즈 씨에게도 자기 삶을 살라고 말했다.

스즈 씨야말로 이런 사건에 엮이게 하고 싶지 않았다.

그런데 이게 뭔가. 잘못됐다. 완전히 잘못됐다. 나는 역 앞을 달리면서 메시지를 계속 읽었다.

『조금 신경 쓰이는 건 그쪽도 나를 본 것 같아. 아주 잠깐이지만, 눈이 마주친 것 같거든. 그런데 무관한 사람이면 그 아기 엄마에 대해서 뭔가 아냐고 물어볼 수 있으니까 마침 잘됐어. 혹시 모르니까 변장하고 그 사람을 찾아보려고. 그 사람의 특징은….』

메시지는 그 뒤로도 이어졌다. 하지만 나는 뒷부분을 대충만 확인하고 화면을 닫았다. 그리고 스즈 씨에게 전화를 걸었다.

익숙한 토오란세 통화 연결음.

하지만 스즈 씨는 받지 않는다. 수업 중일지도 모른다. 그랬으면 좋겠다.

그런데 아니라면?

나는 토오란세를 틀어놓은 채 역 앞 파출소로 뛰어갔다. 익명 신고 따위를 신경 쓸 때가 아니다. 거기에 있던 경찰관에게 호소했다.

"실례합니다! 사람이 납치돼서 살해됐을지도 몰라요! 그걸 제 친구가 목격해서—."

"뭐야, 무슨 일이야?"

놀란 표정을 지은 경찰관이 책상 앞에 앉아서 다른 사람을 응대하고 있었다. 그 여자가 방해된다는 듯 나를 돌아보았다.

"뭐야, 어린애 장난이야? 나중에 해."

"장난이 아니라! 정말로! 그 하천 부지 사건도…."

어린애 장난이라니 무례한 데에도 정도가 있다. 하지만 아주머니와 말다툼할 시간도 아깝다. 나는 가방 안에서 지도를 꺼냈다. 그것을 책상 위에 펼치려고 하는데…, 아주머니가 손으로 아무렇게나 나를 떨쳐냈다.

"위험…!"

나는 균형을 잃고 엉덩방아를 찧었다. 열린 가방에서 지도뿐만 아니라 여러 물건이 쏟아졌다. 클리어 파일에 넣어둔 캔의 내용물이 바닥에 널브러졌다.

나는 그중 하나에 시선을 고정했다.

경찰관이 허둥지둥 일어섰다.

"잠깐만요. 애한테 거칠게 굴지 마세요."

"아니, 얘가 갑자기 끼어드니까…."

두 사람의 목소리가 내 의식 위를 미끄러진다.

하지만 나는 그 소리를 제대로 이해할 수 없었다. 그리고 조금 더 이해하기 힘든 것은 바닥에 흩어진 신문 조각에 내 이름이 적혀 있다는 사실이었다.

'카미나가 토모키(18세) —칼에 찔려 과다출혈로 사망.'

"…뭐야, 이거."

뭐야, 이 기사.

내가 죽었다니, 무슨 소리인가. 게다가 이건 테이프로 밀봉된 캔에서 나온 것이다. 그런데 18세라니. 나는 지금 18세인데.

나는 제대로 힘이 들어가지 않는 손을 뻗었다. 기사를 끌어당겨 확인해 보니, 2년 전 사건이다. 대낮에 일어난 묻지마 살인 사건으로, 다섯 명이나 죽었다고 한다….

아주머니가 차가운 눈빛으로 나를 보았다.

"이런 시간에 여기 있다니, 뻔하지. 학교를 땡땡이치고 장난이나 치려는 거야. 어느 초등학교인지 찾아서 보고해요. 나 참."

"보고는 둘째 치고…, 얘야, 대체 무슨 일이 있었던 거야? 학교는?"

"아…."

경찰관이 내 앞에 쪼그려 앉았다. 걱정스럽게 살펴보는 그 눈빛은, 어린아이를 보는 눈이다.

갑자기 욱신 하고 머리가 아프다.

경찰관이 이런 식으로 나를 살펴본 적이 전에도 있었다.

대낮의 도로. 뜨거운 아스팔트.

내가 보고 있는 것은 쓰러진 뒷모습이었다.

그리고 그 뒷모습은…, 초등학생의 것이 아니었다.

"어…? 어째서…."

왜 나는 그 뒷모습을 어린아이라고 생각했을까.

그것은 어떻게 생각해도 어른의 뒷모습이었다.

쓰러진 몸 아래로 피가 철철 흘렀다. 줄무늬 셔츠가 벌겋게 물들었다.

나는 그의 이름을 부른다. 그 이름은—

"카미나가…… 씨?"

나는 가만히 내 손을 봤다.

그것은 대학생이라기에는 미성숙한, 어린아이의 손바닥이었다.

12

『이대로 가면 사고를 당할 거야.』

그렇게 말해 버리고 나서 나는 허겁지겁 입을 틀어막았다. 앞에 있는 사람이 주워준 책을 끌어안고 걸음을 돌렸다.

하지만 곧 뻗어 나온 손이 내 옷깃 언저리를 붙들었다.

『사고를 당한다니, 내가?』

『잘못 들은 거야. 이거 봐.』

이런. 실수했다.

얼마 전부터 보이던 환영이 인상에 남았는데, 똑같은 얼굴을 코앞에서 봐서 나도 모르게 말해 버렸다.

역 앞 도서관에서 나오자마자 있는 골목은 이 시간에 사람이 별로 없다. 나는 등 뒤에 있는 '그'를 보지 않으려고 고개를 푹 숙인 채 걸으려고 했다. 최근에는 공포나 혐오 섞인 눈빛에 그나마 익숙해졌지만, 처음 보는 타인이 던지는 그런 시선을 굳이 나서서 보고 싶지는 않다. 나 나름대로 마음의 준비를 해야 겨우겨우 마주할 수 있고…, 그런데도 어느 정도 상처를 받는다.

그래서 이렇게 기습적으로 당사자에게 붙잡히는 것은 최악의 패턴이다. 호통을 듣거나 불쾌하게 노려보는 시선을 받거나, 자칫하면 그 둘을 동시에 당한다. 어떻게든 상대의 얼굴을 보지 않고 도망치고 싶었다.

옷깃을 쥔 손이 풀렸다.

지금이 기회다. 나는 책을 안은 채로 쪼그라들 듯 고개를 숙이고 걸음을 뗐다.

그 순간, 태평한 목소리가 들렸다.

『아, 엄청 신경 쓰여! 지나가던 초등학생한테 사고를 당할 거라는 경고를 받으면 엄청 신경 쓰인다고! 자세히 듣고 싶어! 뭔가 재미있어!』

『이상한 사람이네!』

나도 모르게 소리치며 뒤돌아선 나는 '그'와 눈이 마주쳤다.

그 눈은 나쁜 감정은 일절 느껴지지 않는, 그저 올곧게 나를 마주하는 눈이었다.

그는 카미나가 토모키라고 자신을 소개했다. 근처에 있는 대학교에 다닌다고 했다. 좋아하는 음식은 다코야키, 취미는 트럼프 카드로 성 만들기. 묻지도 않았는데 가르쳐줬다.

『아…, 그래서 다코야키를 들고 있었구나….』

『나 다코야키 안 들고 있는데, 지금은.』

『사고를 당할 때 말이야. 카미나가 씨는 다코야키를 먹으면서 걷다가 차에 치여.』

『진짜로?』

그래서 묘하게 인상에 남았다. 죽기 직전에 엄청 행복하게 다코야키를 먹는 사람이 있구나 싶어서. 뭐, 그 직후에 신호를 무시하고 돌진해 온 차에 치이지만.

가르쳐 달라고 너무 조르기에 내가 보는 환영이라는 것부터 그가 어떻게 죽는지까지 대충 설명했지만, 어차피 농담이라고 생각할 것이다.

역에서 떨어진 공원 벤치에서 나는 연못을 바라보며 한숨을 쉬었다. 역 바로 뒤에도 공원이 있는데, 왜 이런 데까지 왔을까. 버스를 타고 가까운 여대 앞에서 내려서 거기서부터 걸었다. 이동하는 동안 그가 계속 요즘 주간 만화 잡지에 대해서 떠든 이유도 잘 모르겠다.

그런 그를 따라와 버린 나도 제정신이 아니지만… 왜 따라왔을까. 나 자신도 이해되지 않고, 상대는 너무 만사태평이라서 짜증이 난다….

'그'는 『그렇단 말이야?』 하면서 머리를 싸매다가, 이내 질렸는지 고개를 들고 나를 보았다.

『그래서, 다코야키를 안 먹으면 살 수 있을까?』

『…글쎄.』

『아니면 그 길을 지나가지 않는 게 확실할까…. 그렇게 해서 피할 수 있는 거야?』

『몰라.』

『아니, 그걸 제대로 좀 알려줘! 너한테만 보이는 거잖아! 남의 일이라고 생각하지 말고―』

『어차피 안 믿잖아!』

내가 소리치자, '그'는 눈을 동그랗게 떴다.

인적 없는 공원에 울려 퍼지는 목소리. 나는 창피해져서 벌떡 일어섰다.

『물어보는 건 다 대답했으니까 난 이제 갈래. 심심풀이는 했잖아.』

특이한 아이와 놀아줬다. 그런 취급은 이제 충분하다. 어른이니까 뒷일은 자기 책임이다. 어차피 이 사람도 내가 한 말을 잊어버리고 다른 사람들처럼 죽을 것이다. 하지만…, 내가 알 바 아니다.

나는 '그'에게 등을 돌리고 걸음을 뗐다. 뒤에서 조용한 목소리가 들렸다.

『나는 믿어.』

거짓말이다. 결국은 다들 죽는다.

『괜찮아. 스스로 혼자가 되지 마.』

멀어지는 '그'의 목소리. 마치 나를 신경 쓰는 것 같은 그 말은 내 이야기를 믿지 않는다는 증거다. 이상한 초등학생이 이상한 이야기로 관심을 끌고 싶어 한다고 생각하는 것이 분명하다.

그렇다는 것을 알기에 나는 뒤돌아보지 않았다.

『그러니까 다음에 또 보자.』

그래 봤자 다음에 만날 때 당신은 죽어 있겠지.

그런 말을 삼키며…. 그런데 나는 일주일 후, 살아 있는 '그'를 다시 만났다.

『오, 찾았다! 그때 고마웠어!』

역 앞 도서관에서 나왔을 때, 그런 목소리가 날아오는 바람에 나는 놀라서 아무 말도 하지 못했다.

어쨌든 상대는 '그'다. 환영의 농도로 보아 진작에 죽었을 줄 알았다. 그래서 지난 며칠은 뉴스를 보지 않고, 도서관에도 멀리 돌아서 왔다.

나는 여기저기 붕대투성이인 '그'를 빤히 보았다.

『유령…?』

『살아 있어! 네 덕이야! 조금 아슬아슬했지만!』

상처 난 얼굴로 웃는 '그'는 확실히 환영이 아니었다. 살아 있는 인간이었다.

나는 아연실색해서…, 그대로 움직이지 못했다.

그렇게 아무 말도 못 하는 나에게 '그'는 손을 내밀었다.

『정말 맞더라…. 믿기는 했지만, 내가 무신경해서 미안해.』

『무신경하다기보다 이상한 사람이라고 생각했는데….』

『아무튼 덕분에 살았어. 아, 보답으로 다코야키 먹을래?』

『그냥 카미나가 씨가 먹고 싶어서 그러는 거….』

『에이, 여태껏 계속 참았단 말이야. 모처럼이니까 같이 먹어 줘.』

태연한 말에 나는 숨을 삼켰다.

그것은 '그'가 나를 믿고, 환영을 깨줬다는 증거다.

내가 본 죽음을, 처음으로 무너뜨려 준 사람.

어린아이니까, 바보 같은 이야기니까, 그런 식으로 흘려듣지 않고 진지하게 들어준 사람.

가슴속이 뜨거워졌다. 자연스레 눈물이 새어 나와서 나는 허둥지둥 고개를 숙였다.

'그'는 그런 나를 똑바로 보며 웃었다.

『자, 가자. 하고 싶은 얘기도, 듣고 싶은 얘기도 엄청 많아.』

그렇게 말하며 내민 손은 상처투성이에…, 안심될 만큼 커다랬다.

카미나가 씨는 머리가 좋은 사람이었다.

내가 본 환영을 설명하면, 어떻게 미리 대비하면 그런 사태를 막을 수 있을지 냉정하게 생각해서 아이디어를 내주었다. 그런 그가 항상 대책을 두 가지 이상 병행해서 움직이는 이유는 '불확정 요소가 많아야 미래의 폭도 넓어지니까'라고 했다. 카미나가 씨가 실제로 나서자, 나 혼자서는 계속 실패하던 때와는 사뭇 다르게 환영에서 본 사람을 구할 수 있게 되었다.

아주 드물게, 어느샌가 사라져 버리는 환영노 있었지만, 나는 그것이 신경 쓰이지 않을 만큼 안도했다. 모든 부당한 죽음에,

우리의 손이 닿을지도 모른다고까지 생각했다.

　그날 그가 나에게 내민 것은 못생긴 수제 키링이었다.
　롤빵에 눈과 코를 붙인 것 같은, 봉제선도 삐뚤삐뚤한 그것을
나는 받아 들었다.
　『이거, 카미나가 씨 키링이잖아. 왜 나를 줘? 다른 거 새로 샀
어?』
　『아니, 너한테 주고 싶어서.』
　『필요 없어.』
　『…』
　『아니, 받아도 안 쓸 것 같아서. 그거 카미나가 씨가 스마트폰
에 달고 다니던 거잖아.』
　여태 용케도 그런 특이한 키링을 달고 다닌다고 생각했지만,
나에게는 피해가 없어서 아무 말도 하지 않았다. 하지만 그 키
링을 나에게 떠넘긴다면 이야기가 달라진다. 나는 커다란 키링
을 달고 다니는 취향은 없다. 그냥 방해만 된다.
　카미나가 씨는 단호하게 거절하는 나를 보고 웃음을 터뜨렸
다.
　『내 여동생 같은 애가 직접 만든 거야. 그래 봬도 소중한 물
건이거든. 갖고 있어 줘.』
　그 소중한 물건을 왜 나에게 주는 것일까.
　나는 고개를 갸웃하면서 "고마워" 하고 키링을 챙겨 넣었다.
지금은 무슨 의미인지 모르겠지만, 조만간 도움이 될지도 모른

다. 카미나가 씨는 "보험이야"라면서 가끔 그렇게 뜻 모를 행동을 한다. 물론 의미가 없는 행동을 할 때도 많지만.

우리는 늘 가는 공원 벤치에 나란히 앉아서 다코야키를 먹었다. 처음 왔을 때는 '왜 이렇게 역에서 먼 공원에 왔나'라고 생각했지만, 이제는 완전히 집이나 다름없었다. 사람이 적고 한적해서 다양한 이야기를 나눌 수 있다.

나는 다코야키를 콕콕 찌르면서, 무언가를 생각하는 카미나가 씨에게 되물었다.

『아까 위험한 환영이 있다고 했는데, 어떤 게 위험한 거야?』

『으음, 왜, 어제 본 거. 저녁때 여자애를 한 명 구했잖아?』

『그랬지. 결국 원인을 몰라서 그냥 말을 걸었는데 어찌어찌 해결된 거.』

그것은 확실히 희한한 환영이었다.

카미나가 씨와 늘 가는 공원에서 역으로 향하다가, 짙은 환영을 마주쳤다.

그동안 계속 어렴풋하게만 보이던 환영이어서 항상 신경 쓰며 같은 길을 지나다녔는데, 어제 갑자기 짙은 환영이 되었다.

그것이 수상해서 멈춰 서 있을 때, 마침 현실에서 그 여자가 나타났다.

나보다 조금 나이가 많아 보이는 그녀는 환영에서는 한창 길을 걷다가 뒤를 돌아보고 그대로 쓰러졌는데, 우리가 말을 걸고 같이 역까지 가니 환영은 그 순간 사라져 버렸다.

그건 뭐였을까, 하고 둘이서 고민하며 집에 돌아갔었다. 그

답을 그가 나름대로 내린 것일까.

카미나가 씨는 또다시 입을 다물었다. 생각을 말로 표현하기 위해서 시간이 필요한가 보다. 가벼워 보이는 성격과는 반대로 신중하고 머리 회전이 빠른 그는 그럴 때가 자주 있었다.

카미나가 씨는 입을 열었다.

『그때, 나는 봤어.』

『봤다니, 뭘?』

『전봇대 뒤에 누군가 서 있었어.』

『누군가?』

그런 사람이 있었나? 전혀 기억나지 않았다.

내가 고민하자, 카미나가 씨는 쓴웃음을 지었다.

『아니, 됐어. 그보다 내일은 이케부쿠로였지?』

『응. 아직 완전히 옅은 환영이지만.』

사람이 많은 거리에 나가는 것은 좋아하지 않지만, 우연히 엄마와 장을 보러 갔다가 이상한 환영을 봤다. 인파 속에서 몇 명이 달려 나오거나 몸부림치며 쓰러졌다. 모든 사람이 옅은 환영이었지만, 느낌이 이상해서 조금 더 자세히 확인해 보고 싶었다. 카미나가 씨와 함께라면, 그들이 죽는 이유도 알아낼 수 있을지 모른다. 그 옅은 정도로 보아 현실이 되는 것은 꽤 나중이 겠지만, 갑자기 당일에 맞닥뜨리는 것보다는 훨씬 낫다.

카미나가 씨는 나를 힐끔 보았다.

『내일 혹시 그 환영이 갑자기 짙어지면…』

카미나가 씨는 거기까지 말하다가 바로 "아니다" 하며 웃었다.

『키링, 나라고 생각하고 소중히 다뤄줘.』

『이 롤빵의 어디에 카미나가 씨랑 공통점이 있는지 모르겠는
데….』

『고양이래, 그거.』

이게 고양이라니…. 카미나가 씨의 여동생이라는 사람은 이
상한 사람이구나. 나는 아직 따뜻한 다코야키 접시를 카미나가
씨에게 내밀었다.

그리고 이튿날인 일요일, 우리는 역 앞 인파 앞에 섰다.

그저 상황을 살피러 온 것이었다.

예상 밖이었던 것은 며칠 전에는 옅었던 환영이 모두 현실과
비슷한 농도를 띠고 있다는 점이었다.

『뭐야, 이게…. 이거, 오늘 이 사람들이 한꺼번에 죽는다는 건
데. 너무 이상하잖아.』

이런 사람 많은 곳에서 무슨 일이 일어나는 것일까. 그리고
옅었다가 갑자기 짙어지는 환영은 어제 카미나가 씨가 말했던
건데….

『카미나가 씨, 혹시 예지 능력 있어?』

농담처럼 말하며 그를 올려다본 나는, 그의 표정을 보고 당
황했다. 처음 보는 험악한 표정. 하지만 그는 곧 내 시선을 알아
차리고 난감하다는 듯 미소 지었다. 카미나가 씨는 자신의 머리
를 긁적였다.

『예지 능력은 없지만, 맞지 않았으면 하던 예측이 맞아 버렸네.』

『음…, 비정상적인 사태 같지?』

『저기, 오늘은 나한테 맡기고, 너는 먼저 집에 가면 어때?』

『카미나가 씨는 환영을 못 보잖아…. 보인다 해도 그건 안 되지.』

비정상적인 사태를 카미나가 씨에게만 맡기고 돌아가라니, 있을 수 없는 일이다. 심지어 제한 시간도 거의 다 됐다.

내가 그렇게 말하자, 그는 또다시 난감하다는 듯 웃었다. 그 표정에 나는 가벼운 죄책감을 느꼈다.

지금까지도 그가 '잠깐 물러나'라고 한 적은 있지만, '집에 가'라고 한 적은 처음이다. 환영이 갑자기 짙어지는 바람에 사태에 전혀 대비하지 못해서 그럴 것이다. 카미나가 씨는 굳이 따지자면 주도면밀하게 대비하는 데에 힘을 쏟는 사람이다.

하지만 이것은 애초에 나의 도전이기도 하다.

『카미나가 씨가 처음에 그랬잖아. 혼자가 되지 말라고.』

계속 나에게만 보이는 것에 시달렸다. 어떻게든 하려고 도망치고, 그런데도 제대로 못 본 체하지 못하고. 모든 것이 싫어지려던 순간, 카미나가 씨가 나에게 다른 길을 알려주었다. …나는 다른 사람을 도울 수 있다고.

카미나가 씨와 함께 있어서 가능한 일이었다. 그래서 나는 지금 이렇게 도전을 이어갈 수 있다. 그런데 여기서 혼자 돌아가면…, 계속 후회할 것이다.

『둘이어야 해결할 수 있는 일도 있잖아. 같이 할게.』

지금까지 그렇게 해왔다. 이번에도 어떻게든 될 것이다. 카미나가 씨가 있으니까.

카미나가 씨는 눈을 동그랗게 떴다. 나에게 그런 말을 들을 줄은 몰랐나 보다. 그는 잠시 후 고개를 끄덕였다.

『그렇지. 미안, 미안. 이번에도 남들 모르게 열심히 해보자.』

『집 가는 길에 다코야키 사 가자. 우리가 자주 가는 공원으로 가도 되고.』

『좋아. 그러자.』

우리는 인파 속을 걸어갔다.

오늘은 눈이 부실 정도로 날씨가 맑다. 나는 건물 사이로 푸른 하늘을 올려다보며 물었다.

『잘될까.』

『잘될 거야. 괜찮아.』

자신감 넘치는 말. 나는 그 말에 안심했다. 카미나가 씨는 도로 앞을 가리켰다.

『환영이 뭉쳐서 보인다는 장소는 저쯤이야?』

『맞아. 세 명 보여. 갑자기 쓰러지는 사람 두 명, 뛰려고 하다가 넘어지는 사람 한 명. 나머지는 좀 더 앞쪽이야.』

『알았어. 그럼, 저기가 시작 지점이겠네.』

『시작 지점이라니, 무슨 시작?』

나는 카미나가 씨를 올려다보려고 하다가…, 전혀 다른 것 위에 시선을 고정했다.

모두 자신의 목적지를 향해 정신없이 나아가는 큰길, 그 한 가운데에서 길 끝이 아닌 걸어가는 사람들을 멍하니 눈으로 좇는 남자가 있다.

　검은 배낭을 어깨에 메고 회색 티셔츠와 청바지를 입은 젊은 남자. 그 모습 자체는 그다지 눈에 띄지 않았다. 인파의 흐름에 조금씩 휩쓸리는 그가 혼자 튀어 보이는 이유는 그 분위기가 이상해서였다.

　굽은 등, 멍한 표정, 하지만 눈에는 어두운 무언가가 엿보였다.

　그런 분위기에도 다른 행인들이 그를 알아차리지 못하는 이유는 모두 다른 사람에게 관심이 없기 때문이다.

　하지만 나는 다르다. 나는 여기서 일어날 '무언가'를 안다. 그 원인을 찾아서 막으려 하고 있었다.

　환영으로 보이는 사람들과 그 남자는 다른 사람이다. 하지만 모든 사망자가 환영으로 보이지는 않는다. 나는 옆에 있는 카미나가 씨를 부르려고 했다.

　그때, 음침한 남자가 배낭에서 무언가를 꺼냈다.

　배낭이 보행로에 떨어졌다. 남자가 '그것'을 감싼 수건을 버렸다.

　인파 속에서 언뜻 보인 '그것'은···.

　『위, 위험해···!』

　나는 경고를 뱉으면서 달려 나갔다.

　갑작스러운 아이의 목소리에 주변 사람들이 돌아보았다. 그것은 내 눈에 사람으로 된 벽 같았다.

나는 그 벽을 뛰어넘으려고 손을 뻗었다.

『비켜! 거기 그 남자야! 칼을─』

사람과 사람 틈에 몸을 욱여넣었다. 벽을 빠져나갔다.

그렇게 달려 나가려고 하는 내 눈앞에 회색 티셔츠가 있었다.

내 앞에 서 있는 남자, 오른손에는 둔하게 빛나는 칼이 쥐여 있었다.

천천히 고개를 들더니…, 남자는 혐오와 공포가 섞인 표정으로 나를 보았다.

『아…』

한순간, 내 결말을 상상했다.

그런데도 몸이 움직이지 않는다. 목소리도 나오지 않는다.

얼어붙은 내 눈에 번쩍 들린 칼이 보였다.

『안 돼!』

하지만 그때, 뒤에서 누군가의 손이 내 몸을 잡아당겨서….

하늘이 파랗다.

그렇게나 많은 사람이 있었던 거리. 그러나 지금 내 주변에는 아무도 없다.

멀리서 비명이 들려온다. 도망치려고 허둥대는 사람들이 시야 끝에 보인다.

하지만 나는 눈앞에 쓰러진 뒷모습을 바라볼 뿐이다.

『…이건 거짓말이야.』

땅 위로 슬금슬금 배어 나오는 피. 셔츠를 물들여 가는 붉은 색이 한없이 선명했다.

나는 비틀비틀 그의 옆에 무릎을 꿇었다. 뜨거운 아스팔트에 뺨을 대고 그의 얼굴을 들여다봤다.

『카미나가 씨?』

감긴 눈이 내 부름에 응해서 살며시 뜨인다.

갈색이 도는 눈동자가 확실히 나를 보았다.

『괜찮…, 아….』

갈라진 목소리.

그 말에 나는 귀를 기울였다. 바늘이 떨어지는 소리도 놓치지 않겠다는 듯이. 그것 말고는 내가 할 수 있는 일이 없었다.

그의 눈이 온화하게 미소 지었다.

『…혼자… 두지 않을게.』

퍼지는 피가 내 스니커즈를 적신다.

떨리는 그의 손이 천천히 나에게 다가왔다.

『그 공원에서, 또….』

툭, 하고 땅에 떨어진 손.

피에 젖은 그 손을, 나는 바라보았다.

환한 햇빛이 우리에게 쏟아졌다.

뭐야, 이거.

거짓말이야.

현실감이 전혀 없잖아.

꿈 같은, 거짓말 같은,
환영 같은….

『카미나가 씨.』
나는 그의 이름을 부른다.
닫힌 눈꺼풀을 만져본다.
나는 떨리는 손을 꽉 쥐고…, 아무 의미 없는 절규를 토했다.

13

기억났다.

나는 내 손바닥을 가만히 바라보았다.

아직 다 자라지 않은 손. 스즈 씨에게 말한 등교 거부는 거짓말이 아니다.

다만 만약 제대로 학교에 갔다면, 나는 올해 초등학교 6학년이다. 방 안에 초등학생 시절의 물건밖에 없는 게 당연했다. … 나는 아직 중학생도 되지 못했으니까.

그런데 계속 그 사실을 잊고 있었다. 현실을 보지 않으려고 했다.

…카미나가 토모키는 아직 이렇게 떡하니 살아 있다고.

"…바보인가, 나."

그 사건으로 죽은 사람은 초등학생인 내가 아니었다. 나를 구해준 그였다.

나는 그 사실을 계속 왜곡해서 기억하고 있었다. 죽은 사람은 어린 나고, 카미나가 씨는 아직 이렇게 떡하니 살아 있다고. 그래서 어렴풋한 꿈속에서 아이의 뒷모습만 인상에 남아 있었다. 그것은 내가 나를 위해 조작한 기억이니까.

하지만 나는 카미나가 토모키가 아니다.

내가 나를 카미나가 씨라고 믿어도 그는 돌아오지 않는다. 나는 그저 도망쳤을 뿐이다. 유일하게 나를 믿어준 그를 환영에 말려들어 죽게 해 버린 현실에서.

나를 만나지 않았으면 그는 그런 곳에서 그렇게 죽지는 않았을 것이다.

그래서 전부 기억에서 지워버렸다.

환영의 미래를 바꿀 수 있다는 것도, 그도, 전부 지워버리고 없었던 것 취급했다. 무엇보다도 멍청한 어린아이였던 나 자신을 지워버리고 싶었다.

나를 믿어준 누군가를 두 번 다시 희생시키지 않도록.

그런데 나는 또다시 같은 실수를 반복하려 하고 있었다.

"왜 그러니?"

경찰관의 손이 다가왔다. 그 손에 나는 퍼뜩 정신을 차렸다.

큰일이다. 대학생과 초등학생은 신용도가 전혀 다르다. 애초에 그래서 내가 환영을 보고 경고해도 다들 진지하게 들어주지 않았었다.

나는 어떻게 하면 좋을지 순간 망설이다가 아이답게 호소했다.

"저기…, 우리 누나가 어제 봤대요. 아기를 안은 여자를, 어떤 남자가 끌고 가려고 했대요. 잘못 봤나 했는데, 오늘 그 사람이 행방불명됐다고 들었어요. 그래서 누나가 어제 본 그 남자를 찾아서 물어본다고…."

"그게 정말이야?"

"잠깐! 이쪽이 먼저야!"

"아…, 미안. 잠깐 기다리렴. 금방 이야기를 들어줄게. 순찰하러 나간 경찰 아저씨가 곧 돌아올 거야."

경찰관은 미안하다는 듯 그렇게 말하고, 흩어진 짐을 주워주려고 했다.

하지만 그랬다가는 늦을지도 모른다.

나는 내 스마트폰만 움켜쥐었다.

"거짓말 아니에요! Z공원이에요! 먼저 갈 테니까 얼른 오세요!"

스즈 씨의 환영이 보인 장소가 거기다. 서둘러야 한다.

『계속 옅다가 갑자기 짙어지는 환영은 누군가에 의한 살인이다.』

카미나가 씨는 그 말을 남겨 주었다. 그는 나와 환영에 대한 대책을 세우는 사이에 그 사실을 알아차렸을 것이다. 하지만 어린 나에게 그 사실을 알려주기를 주저해서 키링 속에 숨겼다. 자신에게 무슨 일이 생기면, 내가 그것을 발견하리라고 생각했을 것이다.

실제로 많은 희생자를 낳은 그 묻지마 살인 사건도 같은 유형의 환영이었다.

그리고 아마…, 스즈 씨의 환영도.

계속 옅은 상태에서 변하지 않은 이유는 그녀의 환영이 '살인에 의한 죽음'이어서였다. 그 일은 언제 일어날까…, 바로 오늘일지도 모른다.

벤치에 앉아 있는 환영 속의 스즈 씨는 평상시와 전혀 다른 모습이었다. 그것은 변장을 위해서였다.

나는 파출소를 뛰쳐나갔다.

때마침 눈앞에 버스가 왔다. 아이의 다리로는 달리는 것보다 버스를 타는 편이 빠르다. 스즈 씨는 첫 번째 사건을 모른다. 범인을 찾으러 갔다면, 공원과 가까운 쪽에 있는 주택가에 갔을 것이다. 나는 IC카드를 찍고 서둘러 버스에 탔다. 파출소에서는 아무도 나오지 않았다. 그 아주머니에게 붙잡혔을지도 모르고, Z공원이면 관할 구역이 아니어서 바로 움직이지 못하는 것일지도 모른다. 어쨌든 지금은 스즈 씨가 먼저다.

나는 계속 흘러나오는 토오란세에 질려서 전화를 끊고 메시지 뒷부분을 훑어보았다.

거기에 적힌 범인의 특징은, 듣고 보니 익숙했다. 확실히 몇 번이나 그런 사람을 본 기억이 있고, 실제로 오늘도 비슷한 사람을 봤다.

"세상에…."

만약 그 사람이 범인이라면, 그야말로 주택가를 어슬렁거리고 있을 시간대다. 사실은 목격자인 스즈 씨를 찾기 위해서일지도 모른다.

나는 느긋하게 출발하는 버스에 답답해하며 메시지 마지막 부분을 읽었다.

『끝으로, 카미나가를 처음 봤을 때, 대학생이라는 말에 깜짝 놀랐는데, 카미나가가 진심으로 그렇게 생각하는 것 같아서 아무 말도 하지 않았어. 나쁜 뜻이 있어서 그런 건 아니고, 뭔가 사정이 있겠지 한 건데, 지금의 카미나가라면 화낼지도 모르겠다. 미안해.』

어느 모로 보나 초등학생인데, 진지한 표정으로 대학생이라고 말했다. 다른 사람들 같았으면 장난으로 치부하며 상대하지 않았을 것이다. 하지만 스즈 씨는 나를 정말 대학생으로 대등하게 봐주었다. 그러면서 그녀는 계속 나를 걱정해 주기도 했다.

그래서 내가 학교에 가겠다고 했을 때, 내가 진짜 기억을 떠올렸다고 생각한 것이다.

『그리고 이건…, 말할지 말지 고민했는데, 역시 말해두는 게 좋겠어. 사실 진짜 카미나가 토모키는 우리 사촌 오빠야. 그래서 토모키 오빠한테 카미나가 얘기를 종종 메시지로 들었어. '새 친구가 생겼어. 그 친구랑 팀을 짜서 사람들을 돕고 있어'라고.』

"알아. 아니, 기억났어."

카미나가 씨에게 받은 못생긴 키링, 스즈 씨 것과 똑 닮은 것이 당연하다. 그가 사촌 동생인 스즈 씨에게 받은 물건이니까.

그래서 스즈 씨가 내가 좋아하는 음식을 알고 있었던 것이다. '원래 알던 사람 같다'던 말도 이해가 된다.

그리고 그것은, 나도 마찬가지였다.

카미나가 씨가 죽고 나서 나는 만신창이였다.

현실을 받아들이지 못하고 울지도 못해서…, 밖에도 나가지 못한 채, 며칠이나 어두운 방에 얼빠진 사람처럼 있었다.

그런데 그러던 어느 날, 문득 그의 말이 떠올랐다.

'그 공원에서 또….'

마지막 순간에 남긴 말. 내일을 이야기하는 약속.

정말 어리석은 꿈이다. 하지만 나는 생각했다.

그 공원에 가면 다시 카미나가 씨를 만날 수 있을지도 모른다고.

평소처럼 다코야키를 먹으면서 "오, 왔어?" 하고 웃어주지 않을까. 그때 일은 전부 고약한 거짓말이었고, 평소 같은 나날이 다시 시작되지 않을까.

그럴 리가 없음을 알고 있었다. 하지만 기대하고 말았다.

나는 그의 마지막 말에 매달려 그날 집을 빠져나왔다. 혼자 그 공원에 다다랐지만, 역시나 벤치에 그는 없었다.

대신에 나는 그와 닮은 얼굴을 한 그녀를 만났다.

'괜찮아. 혼자 두지 않을게.'

그런 우연이 있을 리 없다.

하지만 그가 했던 말과 똑같은 말이었다. 멍청하던 내가 영원히 잃어버리고 만 그 말.

마치 그에게서 온 전언 같은 말을 듣고…, 나는 그제야 소리 내어 울었다.

몇 시간이나 벤치에 엎드려서 울부짖으며….

그날부터 스즈 씨는 나에게 '특별'해졌다.

메시지에 적힌 문장이 그녀의 목소리로 재생된다.

『토모키 오빠는 '네가 지원한다는 여대 뒤쪽 공원에서 자주 수다 떠니까 입시 끝나면 놀러 와'라고 했어. 자기 친구를 소개하고 싶다고.』

"친구…."

그런 말을 들을 만한 자격이 나에게 있을까.

결국 내가 한 일이라고는 그를 죽음으로 내몬 것뿐이었다. 나를 만나는 바람에 그는 죽었다. 그 사실이 나를 완전히 무너뜨렸다. 학교에도 갈 수 없어서 밖을 아무렇게나 싸돌아다녔고…, 언제부터인지 그런 자신까지 죽이고 잊어버렸다.

『그래서 나는 토모키 오빠가 죽고 나서 가끔 그 공원에 갔어. 혹시 카미나가를 만날 수 있지 않을까 해서⋯. 그래서 카미나가를 만나자마자 알았어. 아아, 너구나 했어. 사실대로 말하지 않아서 미안해. 근데 나는 토모키 오빠의 사촌이라는 선입견 없이 카미나가랑 친구가 되고 싶었어. 처음부터 시작하고 싶었어. 가슴을 펴고 당당히 네 옆에 설 수 있게.』

스즈 씨는 어떻게 그런 생각을 할 수 있을까.

카미나가 씨가 그렇게 됐듯이 나에게 다가오면 위험한 일에 말려든다는 사실을 알지 않았나. 그런데 어떻게 나에게 손을 내밀 수 있었을까.

왜 그 두 사람은, 나 같은 어린애 옆에 서준 걸까.

"⋯실패는 두 번 다시 안 해."

더 이상 아무도 빼앗기지 않을 것이다. 아직 시간이 있었다. 분명 그럴 것이다.

스즈 씨의 메시지는 『카미나가는 대단해. 과거도 미래도 제대로 마주하고 있어. 토모키 오빠도 기뻐할 거야. 카미나가의 장점을 나는 많이 알아. 괜찮아. 힘내. 언제든지 연락해. 다음에 볼 때는 서로 진짜 자기 자신으로 만날 수 있기를⋯. 나도 힘낼게!』하며 끝을 맺었다.

정말 투박한 응원이다. 두서없는 데다 받아들이는 사람에 따라서는 부담스럽다. 게다가 언제든지 연락하라고? 지금 연락하고 있잖아. 전화나 받아! 통화 연결음도 좀 바꾸고!

하지만 이미 범인을 마주쳐서 받지 못하는 것일지도 모른다.

그렇다면….

나는 재빨리 메시지를 작성했다. 내가 기억하기로, 스즈 씨의 스마트폰은 받은 메시지의 앞부분이 대기 화면에 뜨도록 설정돼 있었다.

그러니 이런 경고도 의미가 있을지 모른다.

나는 짤막하게 작성한 메시지를 보냈다.

『네가 하천 부지에 시체를 버린 것도, 아기와 엄마를 죽인 것도 다 알고 있다. 지금 간다. 그 사람에게 무슨 짓을 하면 경찰에 신고하겠다.』

범인이 이 메시지를 보고 단념하면 다행이다. 스즈 씨가 보게 된다면 더 신중하게 움직여 줄 것이다.

버스가 느릿하게 우회전했다. 그대로 죽 가면 여대 정문 앞이다. 나는 기도하는 마음으로 스마트폰을 꼭 쥐었다. 그저 기다리는 시간 동안 불길한 상상만 머리를 스쳤다.

그때, 드디어 버스 정류장에 도착했다.

"내릴게요!"

나는 열린 하차 문에서 그렇게 외치며 잽싸게 내렸다. 목적지는 그 공원이다.

나는 여대 앞을 바삐 지나서 주택가에 들어섰다. 개를 산책시키는 사람도, 언니를 찾는 사람도 없다. 스즈 씨도 범인도 보이지 않았다.

마치 대낮에 꾸는 악몽 같다. 나는 얼룩 하나 없는 평온함 속을 달려갔다.

하지만 그 속에서도 사람은 죽는다.

환영인 '그들'은 시간을 뛰어넘어 남는 얼룩이다.

사람이 죽기 직전에 남기는 발자취 같은 것.

그것을 나는 어릴 때부터 계속 흐름을 거슬러서 봤다.

하지만 그냥 보기만 하는 것은 이제 사양이다.

환영 속에 내 행동이 이미 반영돼 있다는 소리도, 겁쟁이였던 내가 만든 핑곗거리였을 것이다. 카미나가 씨나 스즈 씨가 미래를 바꿀 수 있었던 이유는 그들이 나보다 훨씬 요령을 아는 어른이었기 때문이다.

미래는 바꿀 수 있다. 스즈 씨와 카미나가 씨는 그렇게 해 왔다. 항상 외면하려고 하던 나에게 증명해 줬다. 믿으며, 앞을 바라보라고.

그래서 나도 믿는다.

이제 도망치지 않을 것이다. 생각할 수 있는 모든 수를 동원해서 환영을, 죽음을 뒤집을 것이다.

그러지 않으면, 카미나가 씨가 나를 살려준 보람이 없다.

14

도착한 공원은 평소와 다름없이 평온해 보였다.

인적은 드물지만, 사람이 없지는 않았다. 그 사실에 나는 안심했다.

세차게 숨을 헐떡이던 나는 코트를 벗으면서 익숙한 그 벤치를 향해 달렸다. 전신을 흐르던 땀이 순식간에 식어갔다. 나는 몸이 떨려오는 것을 참으며…, 그녀가 있는 벤치에 도착했다.

쇼트커트가 된 머리 스타일에, 회색 재킷, 검은 롱스커트.

도회적인 스타일 때문에 정말로 스즈 씨 같지 않아 보였다. 다만 방울 모양 목걸이만은 그대로다. 나는 아주 또렷한 그녀의 모습을 가만히 바라보았다.

"스즈 씨."

불러도 반응이 없다. 달려온 나를 쳐다보지 않았을 때부터 그렇지 않을까 생각했지만, 이건 스즈 씨의 환영이다. 내가 줄곧 속 이야기를 털어놓던 그녀.

나는 벤치 등받이에 손을 댔다.

"스즈 씨."

환영이 여기에 있다는 것은 아직 늦지 않았다는 뜻이다. 나는 코트를 벤치 등받이에 걸고 스마트폰을 조작했다. 다시 한번 스즈 씨에게 전화를 걸었다.

벨소리가 바로 옆에서 들렸다.

"어?"

작은 여자아이가 부르는 토오랸세 노래.

그 소리가 내 스마트폰과, 근처 나무 그늘 속에서 조금 어긋나게 이중으로 들렸다.

어떻게 된 일인지 이해하기 전에 나는 소리가 나는 쪽으로 말을 걸었다.

"스즈 씨? 거기 있어?"

돌아온 것은 모르는 남자의 목소리였다. 나무 그늘 속에서 그는 나에게 대답했다.

"그 여자라면…, 거기 있잖아?"

"…뭐?"

나는 벤치를 내려다보았다.

거기에 있는 것은 스즈 씨의 환영이다. 살짝 고개 숙인 얼굴은 보이지 않지만 그럴 것이다. 왜냐하면 아무 반응도 없으니까.

하지만 환영이라면 나에게만 보일 텐데….

"스즈 씨?"

그때 나는 그녀의 옆구리를 보았다. 짙은 회색 재킷에 검은 얼룩이 서서히 커졌다.

순식간에 퍼지는 그것이 무엇인지 나는 모른다.

이해가 안 된다. 그날과 마찬가지로, 아스팔트, 쓰러진 뒷모습….

"스…즈 씨?"

대답이 없다.

그럴 리가 없다. 이미 늦었다니, 그럴 리가. 말도 안 된다.

"이 메시지, 네가 보냈어?"

남자의 모습은 보이지 않았다. 그저 목소리만 들렸다.

지극히 침착한, 어딘가 즐기는 듯한, 하지만 내심 겁을 먹은 듯한….

나는 반쯤 멍하게 스마트폰을 보았다.

들려오는 토오란세 노래.

하지만 그 소리는 그녀에게 닿지 않는다.

아니다. 그럴 리가 없다. 다 거짓말이다.

또 반복되다니, 그럴 리가….

'…괜찮아. 혼자 두지 않을게.'

뇌리에서 울리는 그 목소리.
그것은 스즈 씨의 말이자 카미나가 씨의 말이다.
언제나 나를 지탱해 준, 구원해 준 사람의 목소리.
그들이 있었기에 내가 있다.
그걸, 스스로 망쳐버릴 수는 없다.
아직 이르다. …버텨라.

나는 깊이 숨을 토했다.
정신을 잃고 소리를 지를 것 같은 나 자신을, 가까스로 막아
세웠다.
떨리는 손가락으로 스마트폰을 조작했다. 흐르던 노래가 멈췄
다.
나는 깊이 숨을 쉬었다.
"…그 메시지는 내가 보냈어. 하지만 너는 약속을 어겼지…. 경
찰에는 이미 신고했어. 이 Z공원에 살인범이 있다고…."
담담히 말하는 내가 마치 내가 아닌 것 같았다.
나는 벤치를 향해 몸을 숙였다. 스즈 씨의 재킷에 퍼지는 피
를 살짝 만졌다. 그리고 손끝을 확인해 보니, 그곳은 확실히 불
쾌해질 만큼 빌겠다. 스즈 씨의 몸은 아직 따뜻한 느낌이었다.
남자는 콧방귀를 뀌며 웃었다.

"신고해봤자 어린애가 장난질하는 걸로 보였겠지. 아무도 안 믿을걸."

"이 공원에 시체가 있으면, 아무리 그래도 경찰은 눈치챌걸. 네가 죽인 그 아기 엄마의 여동생한테도 길모퉁이에서 납치됐다고 말해 놨어. 이제 끝이야."

좁은 구역 안에서 사람이 여럿 죽으면 경찰도 본격적으로 조사를 시작할 것이다. 그때가 되면 목격 증언이 모일 터였다. 아무리 주택가에서 수상하게 보이지 않는 용모라고 해도, 이 주택가를 대낮에 돌아다니는 사람 자체가 적으니까.

나는 그런 말을 하면서도, 아직 현실을 제대로 인지하지 못했다. 움직이지 않는 스즈 씨에게서 눈을 뗄 수가 없었다. 이 백일몽에서 빠져나가고 싶다. 어떻게든 해야 하는데.

"그래⋯. 구급차."

뒤늦게 그런 생각이 들었다.

아직 시간이 있지 않을까. 조금 찔렸을 뿐이다. 움직이지 않고 대답도 하지 않지만, 그래도 아직⋯.

하지만 그런 얕은 희망에 남자가 찬물을 끼얹었다.

"아쉽지만 그 여자는 이미 늦었어. 상처가 깊어. 그 상태면 이미 못 살아. 그보다 이쪽으로 와 봐. 네가 아는 정보가 맞는지 답을 맞춰 보자."

남자의 목소리가 그렇게 말했다.

저놈은 나도 죽이려는 것이다. 그런 식으로 시간을 벌고 최대한 멀리 도망칠 생각이다.

멍청한 유혹이다. 그런 제안에 응할 사람은 없다.

앞뒤 분간을 못 하는 어린애가 아닌 이상.

"…알았어."

저놈은 나를 그래 봤자 어린애라고 얕잡아 보고 있다.

실제로 나는 어린애다. 하지만 조금 전까지는 그렇게 생각하지 않았다.

그러니 이렇게 끝내지는 않을 것이다. 놓치지 않을 것이다.

내가 지금까지 나에게만 보이는 '그들'을 구하려고 얼마나 발버둥 쳤는데. 부당한 죽음에 대항하려고 필사적으로 노력했고, 그런데도 이루지 못하고…. 그런데 이놈은 그런 죽음을 직접 남에게 강요한다. 용서할 수가 없다.

나는 고개를 들었다. 코트를 다시 손에 들었다.

그리고 마지막으로 다시 한번, 미련과 후회를 담아 그녀를 바라보았다.

"스즈 씨…, 미안해."

당신이라면 도망치라고 말하겠지.

하지만 그건 내가 싫다. 지금 이 사태에, 어리석었던 나 자신에게, 정신 나간 살인자에게, 몹시 화가 난다. 이런 일에 당신을 끌어들이고 말았다는 것에도.

분명 살해된 사람들도 모두 화가 났겠지. 하지만 그 여자들은 이미 화를 낼 수 없다. 그러니 '그들'의 그 모습을 아는 내가 간다.

코트만 들고 나무 그늘을 돌아본 나는 거기서 잠시 움직임을 멈췄다.

손에 든 코트가 땅에 떨어졌다. 그 사실도 알아차리지 못하고 다시 한번 벤치를 쳐다보았다.

"…어?"

당황은 순식간이었다.

나는 금방 상황을 이해하고 천천히 몸을 숙여 땅에 떨어진 코트를 주웠다.

"얼른 이쪽으로 와."

남자의 목소리가 나를 재촉했다.

어른의 여유를 보여주고 있지만, 속으로는 초조한 것 같다. 여기는 저놈이 용의주도하게 찾아낸 은신처가 아니라, 사람이 지나다니는 공원이다. 언제 누가 올지 모른다.

그래서 나는…, 그놈에게 말했다.

"네가 이쪽으로 와."

"…"

"오라고. 답을 맞춰 보자며? 내 입을 막고 싶으면 숨어 있지 말고 네가 와."

그런 것도 못 하는 겁쟁이냐고 말하지는 않았다.

값싼 도발을 할 생각은 없었다. 진심으로 그랬다.

250

남몰래 숨어서 사람을 죽인 인간에게 살인자로서 타인에게 모습을 드러내라는 말이었다.

　그 정도도 못 할 거면, 잽싸게 도망가면 된다. 내가 스즈 씨에게 보낸 메시지 따위를 겁내지 않고.

　침묵은 길지 않았다.

　남자는 나무 그늘에서 모습을 드러냈다.

　특징이 없는 생김새. 회색 정장은 대낮 주택가에 쉽게 녹아든다.

　실제로 나도 몇 번이나 저놈을 봤으면서도 그다지 신경 쓰지 않았다. 마치 배경의 일부 같은 행인으로만 여겼다.

　젊은 신입사원으로 보이는 남자는 경직된 미소를 띠며 말했다.

　"뭐 물어보고 싶은 거 있어? 왜 이런 짓을 하는지라던가."

　"관심 없어. 너한테 이것저것 물어볼 사람은 경찰과 유족들일 거야."

　"나는 네가 어떻게 눈치챘는지 궁금한데."

　"너한테 살해당한 사람들이 보이거든."

　사실을 말했는데, 남자는 믿지 않은 것 같다. 바보 취급하듯 비웃는다. 그런 어른들의 반응에는 익숙하다. 카미나가 씨와 스즈 씨가 달랐을 뿐이다.

　남자는 웃으면서 다가왔다. 그 왼손에 쥔 물건은 스즈 씨의 스마트폰이었다. 오른손에 있는 것은… 칼날 길이가 15센티쯤

되는 나이프. 그 예리함에 반사적으로 몸이 굳는다. 하지만 나는 곧 고개를 저었다.

"…괜찮아."

훨씬 처참한 죽음을 본 적도 있다. 살고 싶지만 살지 못한 사람의 최후도.

나를 보호해 준 사람이 떠나는 순간을, 멍하니 지켜본 적도 있다.

그에 비하면 지금은, 아직 이 분노를 해결할 방법이 있다.

남자가 다가왔다.

스즈 씨는 움직이지 않았다. 나는 코트를 움켜쥐었다.

그 거리가 2미터 미만으로 좁혀졌을 때, 남자가 움직였다.

돌연 나에게 달려들어 칼을 내질렀다.

하지만, 동시에 스즈 씨가 움직였다.

그녀는 내 코트를 잡아서 남자에게 던졌다.

갑자기 시야가 가려지자, 남자는 혀를 차며 코트를 치웠다.

하지만 그렇게 자세를 바로잡으려던 남자의 오른손을 내가 휘두른 야구 방망이가 강타했다.

남자는 비명을 지르며 칼을 떨어뜨렸다.

나는 그 옆구리를 목제 방망이로 또다시 후려쳤다.

짧은 비명이 겨울 하늘에 울렸다.

나는 남자가 웅크린 것을 보고 떨어진 칼을 방망이로 멀리

쳐냈다.

"아무리 어린애여도 열두 살짜리가 온 힘을 다해 야구 방망이로 때렸으니 뼈에 금 정도는 갔을걸. …네 패배야."

"바, 방망이가 어디서…"

"…여기에 내 환영이 있다는 얘기는 제일 처음에 들었거든."

일어선 스즈 씨는 재킷 안에서 두꺼운 잡지를 꺼냈다. 아니, 뭐야, 저 잡지… 포메라니안 전용 잡지가 있구나. 처음 알았다.

하나부터 열까지 예상을 벗어나는 그녀는 칼자국이 있는 잡지를 벤치에 놓았다.

"이게 바로 설치형 덫이야. 전에 카미나가는 별로라고 했지만."

"그건 스즈 씨가 승강장에 그물을 설치하자고 했으니까 그런 거잖아…"

나는 벤치 밑에서 꺼낸 야구 방망이를 내려다보았다.

상대의 유혹에 응해서 움직이려고 하던 나에게, 스즈 씨는 작은 소리로 "밑에 방망이가 붙어 있으니까 이쪽으로 유인해"라고 말했다. 그래서 나는 코트를 줍는 척하며 방망이를 꺼냈다. 그리고 그것을 코트로 덮어서 감췄다.

언제부터 준비해 놓았을까. 재킷 아래에 잡지를 넣어둔 것도 그렇다.

이 사람은 환영도 보이지 않고 첫 번째 살인 사건에 대해서도 몰랐으면서 이렇게 빈틈없이 대비했다. 찾는 상대가 '범인이 아닐지도 모른다'고 생각하면서도 악의가 있을 가능성까지 철

저하게 고려했다. 정말이지 이 사람은 끝까지 예상을 벗어나는 데다…, 최고다.

나는 스즈 씨보다 반걸음 앞으로 나가면서 남자를 향해 야구 방망이를 들었다. 그때 마침 공원 밖에서 순찰차 사이렌 소리가 가까워졌다.

스즈 씨가 나를 보았다.

"카미나가, 신고했어?"

"응. 아까 스즈 씨한테 걸던 전화를 끊었을 때. 끊고 경찰에 걸었어."

나는 전화를 걸고 아무 말도 하지 않았지만, 남자에게 말하는 와중에 이 공원의 이름을 댔다. 그래서 이상함을 감지하면 와주리라고 생각했다. 나는 역 앞 파출소에서도 짐을 내팽개치고 나왔으니까.

남자는 맞은 곳을 누르며 우리를 노려보았다.

나는 언제든지 움직일 수 있도록 주의했다. 필요하면 남자의 정수리에 야구 방망이를 꽂을 각오까지 하며… 하지만 그는 갑자기 몸을 돌려서 공원 안쪽으로 도망쳤다.

"거기 서…!"

"카미나가, 내버려 두자."

쫓아가려던 나를 스즈 씨가 제지했다. 그 한마디에 나는 정신을 차렸다.

상대는 성인 남자에 살인자다. 내가 혼자 쫓아가는 것보다 경찰에 맡기는 것이 낫다.

내가 그렇게 생각하며 어깨 힘을 뺌과 동시에 스즈 씨가 벤치에 다시 앉았다. 그녀는 지친 목소리를 겨울 하늘에 뱉어냈다.

"미안해, 카미나가. 여기 오면 범인도 올 거라고 생각했어."

"남 얘기할 처지는 아니지만, 이런 짓은 하지 마. …심장이 몇 는 줄 알았어."

정말로 서로 찌르고 찔리는 한이 있더라도 죽여버리겠다고 생각했다.

스즈 씨가 죽은 줄 알았을 때, 나는 정말 그럴 수 있을 것 같 았다. 분노한 나머지 모든 것을 깨부술 수 있다고 믿어 의심치 않았다.

그런데 이제 와서 두 손을 보니, 덜덜 떨린다. 현실이 뒤늦게 따라온 것 같다.

그런 엉망진창인 내 마음을 모르는 스즈 씨는 살며시 미소 지었다.

"아무튼 와줘서 다행이야. …내 미래를 바꿔줘서…, 고마워."

"스즈 씨 힘으로 직접 해낸 거잖아."

나는 어이없다는 듯 받아치며 스즈 씨를 보았다.

벤치에 앉은 그녀는 어느새 등받이에 기댄 채 눈을 감고 있 었다.

하얀 얼굴에는 핏기가 없다. 옆구리에 있는 얼룩이 퍼지는 것 을 알아차리고 나는 경악했다.

"스, 스즈 씨?"

잡지로 막은 게 아니었나…?

아니…. 재킷에 피가 배어 있었다. 칼이 관통했다는 증거다.

나는 이해함과 동시에 스즈 씨의 옆구리에 손을 뻗었다. 파랗게 질린 입술이 희미하게 움직였다.

"…괜찮, 아…. 혼자… 두지, 않을게."

"당연한 소리!"

그러나 스즈 씨는 그 말을 끝으로 아무 말도 하지 않았다.

나는 옷 위에서 상처를 누르며 외쳤다.

"여기! 아무도 없어요? 도와주세요! 부상자가 있어요!"

경찰이 도착했는지, 사이렌 소리가 멈췄다. 다가오는 인기척. 소란스러워지는 공원에, 내 절규가 울렸다.

"빨리 와주세요! 빨리!"

벤치에서는 이제 환영이 보이지 않았다. 나는 그저 도움을 구하며 소리쳤다.

아직 늦지 않았다. 우리는 둘이서 웃으며 끝을 맞을 것이다.

내 이름도 아직 가르쳐주지 못했다. 그녀에게 아직 아무것도 돌려주지 못했다.

아무것도, 진짜를 시작하지 못했다.

그러니까 부디. 제발.

제발, 스즈코.

내 외침이 겨울 하늘을 뒤흔들었다.

대낮의 평온함에 묻은 얼룩. 아무도 모르게 매장될 뻔한 사건의 최후.

환영으로 시작된 우리의 이야기는…, 이날, 그렇게 끝이 났다.

에필로그

    낯익은 여대 정문은 오늘도 오가는 학생들로 북적였다.

    주택가 중간에 펼쳐진 산뜻한 캠퍼스는 밖에서도 아름다움이 엿보였다.

    나는 그곳을 지나가며 학교 안 풍경을 흘끗 보았다.

    정면에 있는 학교 건물에 새겨진 '모두 참된 것'이라는 표어. 라틴어로 된 그 의미를 가르쳐준 그녀… 이제는 여기에 없는 스즈코를, 나는 떠올렸다. 가슴속에 그리움과 똑같은 양의 쓸쓸함이 퍼졌다.

    그날, 도망친 범인은 곧 경찰에 붙잡혔다.

    내가 온 힘을 다해 휘두른 야구 방망이는 남자의 뼈를 여기저기 부러뜨렸다고 한다. 경찰에 호되게 혼이 났고, 오랜만에 부모님에게도 혼났다. 엄마는 큰소리로 울면서 "이제 야구는 금지야!"라고 말했지만, 그 방망이는 내 것이 아니었다.

아무튼 그 일을 계기로 부모님과 조금씩 관계를 회복했다. 그때까지는 아무래도 이상한 힘을 지닌 아이라는 이유로 서먹한 면이 있었기에 결과적으로 우리 가정에는 전화위복이었을지도 모른다.

범인의 범행 동기는 들어봤자 이해되지도 않고, 솔직히 너무 불쾌해서 자세히 듣고 싶지도 않았다. 다만 범행 과정은 거의 내가 추측한 대로였다. 첫 번째 사건에서 희생된 여자 회사원은 숨겨진 가게를 탐색하는 게 취미여서 우연히 지나가다가 그렇게 됐다는 듯했다. 스케치북을 들고 있던 이유는 역시 근처에 있는 미대를 막 졸업해서였고, 은사를 만나고 돌아가는 길이었다고 한다. 경찰은 이미 거기까지 조사를 마친 상태라 범인을 찾아내는 것도 시간문제였다고 한다.

갑자기 짙어지는 환영은 꼭 살인에만 적용되는 것이 아니라, 거의 직전까지 죽음이 확정되지 않고 우연적 요소가 강할 때 그렇게 되는 것 같다. 표적을 정해두지 않는 묻지마 살인 사건이나 살의가 흔들리고 있을 때처럼 말이다. 조금 더 다양한 사례를 조사하면 법칙이 명확해지겠지만…, 이제는 불가능하다.

나는 그때 이후로 서서히 환영을 볼 수 없게 되었다.

어린 시절 특유의 신기한 감각이었을지도 모른다. 중학교에 들어갈 즈음에는 완전히 아무것도 보이지 않게 되었다.

그건 그것대로 어깨의 짐이 덜어진 느낌이었지만…, 가끔은 아쉽기도 하다. "사람의 목숨이 달렸잖아!" 하던 그녀의 말이 떠올라서.

정말로, 그녀는 많은 것을 나에게 남겨 주었다.

"스즈코…, 스즈 씨."

그리운 호칭에, 나는 문득 미소 지었다. 나는 그렇게 한때 그녀가 있던 학교를 등지고 역을 향해 걸었다. '그들'이 보이지 않는 거리를 걷다가 메시지 착신음이 들려서 스마트폰을 꺼냈다.

거기에는 공교롭게도 그녀의 메시지가 와 있었다.

『이제 역에 도착했어. 지금 어디야? 오늘은 대파 덮밥이 먹고 싶어. 아, 회사에서 재미있는 일이 있었는데….』

변함없이 두서없는 메시지에 나는 풋 하고 웃음을 터뜨렸다.

사회인이 되어서도 스즈 씨는 스즈 씨다. 하지만 진짜 대학생이 된 나는 예전 그때보다 그녀와 대등하게 서 있는지도 모른다.

가능하다면, 앞으로도 평생에 걸쳐 그녀의 다정함에 보답할 수 있기를.

나는 메시지 대신 전화를 걸었다. 결국 7년이 지나서도 바뀌지 않는 통화 연결음이 흐른 뒤에 익숙한 목소리가 들렸다.

『네에. 스즈입니다.』

"아, 나야."

『'나'가 누군지 이름을 확실히 대세요. 이게 보이스 피싱이면 어떡해요?』

　뭐야, 이 사람…. 분명히 착신 화면에 내 이름이 떴을 텐데. 확실한 인사 추진단인가.

　하지만 여기서 따지고 들면 괜히 복잡해지니까….

　체념하며 이름을 말하려는 내 앞에 때마침 버스가 섰다. 열린 문에서 내리는 여대생들 뒤로 마지막에 나타난 사람을 보고 나는 메마른 웃음을 흘렸다.

　정장 차림이 아직은 어색한 그녀는 통화 중인 스마트폰을 든 채 손을 흔들었다.

　"까꿍! 놀랐지? 시간차 트릭이야!"

　"놀라긴 했는데, 버스 안에서 통화하지 마."

　"으…. 죄송합니다. 대파 덮밥을 너무 먹고 싶어서…."

　"이럴 때는 나를 보고 싶어서 그랬다고 해. 거짓말이라도 좋으니까."

　"보고 싶었어어. 하루 만에 보네!"

　"엎드려 절받기 같아서 고마움이 안 생기네…."

　"진짜야."

　살짝 미소 지은 그녀는 햇살에 투명하게 비쳐 보이는 듯했다.

　환영이 아닌 진짜 그녀. 나는 예쁜 그 옆얼굴을 넋을 잃고 바라봤다.

　그런 시선을 알아차린 스즈 씨는 나를 올려다보고 하얀 손을 내밀었다.

　"가자. ○○○."

진짜 이름, 진짜 나.

아직 보이지 않는 내일을, 너와 둘이서.

우리는 그렇게 이 세상을 향해 걸음을 내디뎠다.

옮긴이 권하영

한국외국어대학교 일본어통번역학과를 졸업하고, 이화여자대학교 통역번역대학원에서 한일번역을 전공하였다. 번역작으로《전남친의 유언장》,《루팡의 딸2》,《루팡의 딸3》,《루팡의 딸4》,《루팡의 딸5》,《내가 나를 버린 날》,《9번째 18살을 맞이하는 너와》,《치유를 파는 찻집》,《시간을 잇는 선술집》등이 있다.

죽음을 보는 나와
내일 죽는 너의 이야기

초판 1쇄 2025년 3월 10일
저자 후루미야 쿠지
옮긴이 권하영
편집 나다연 **디자인** 배석현
ISBN 979-11-93324-46-2   03830

발행인 아이아키텍트 주식회사
출판브랜드 북플라자
주소 서울시 강남구 학동로 329 북플라자 타워
홈페이지 www.bookplaza.co.kr

오탈자 제보 등 기타 문의사항은 book.plaza@hanmail.net으로 보내주세요.
잘못된 책은 구입하신 서점에서 교환해 드립니다.